ティアラ文庫

蒼穹恋姫

南咲麒麟

presented by Kirin Nanzaki

プランタン出版

イラスト／DUO BRAND.

目次

登場人物
ジン
草原の国メンギルの王。
鬼神と呼ばれるほど強く、
部下からの信頼も厚い。
小麗《シャオレイ》
大国・紫金国の第一皇女。
許嫁の仇をとるべく、ジン
に嫁ぐが……。

ギオルシュ

ジンの信頼が厚いメンギルの重臣。物腰穏やかな性格。

流花《ルーファ》

小麗の従者としてメンギルに共に渡った女官。落ち着いた大人の女性。

龍飛《ロンフェイ》

紫金国の皇子。
小麗の腹違いの兄。

ジャムカ

メンギルと対立する国タタールの王子。

※本作品の内容はすべてフィクションです。

目を閉じて夢《ゆめ》を見ていれば、それだけで幸せだった。
誰かの腕《うで》に優しく包まれていれば、それで良かったのに。
痛みを知らない幼き日々は瞬く間に流れ去り、
否応《いやおう》なしに運命は巡り始めた。
そして。
少女は、果てなき大地を駆け抜ける一陣《いちじん》の風に出会う。

序章　復讐の初夜

かすかな鈴《すず》の音が、小麗《シャオレイ》の耳に染みた。

やむことのない風にまじって、真鍮鈴《しんちゅう》のまろやかな音色《ねいろ》が幾重《いくえ》にも鳴り響く。

（……来た！）

幕舎《ばくしゃ》の入口につり下げられた鈴は、小麗の夫となる男の来訪を知らせるものである。

彼女は寝台に横たわったまま、裸体を覆っている絹《きぬ》の布端をぎゅっと握り締めた。緊張のあまり、指先が冷たくなっているのが分かる。

（どど、どーしよぉ……本当に来ちゃったんだ）

胸は高鳴り、逃げ出したい衝動《しょうどう》が小麗を襲《おそ》う。それを何とか押し止めて、彼女は大きく息を吐いた。落ち着かなければ。

「小麗、起きてるか？」

天窓から差し込む月の光で視界は何とか保たれている。小麗はそっと視線を投げた。

今宵《こよい》、彼女と契《ちぎ》りを結ぶ相手が入口に立っているのが見える。

この部屋は異国から嫁《とつ》いできた彼女のためにしつらえられた特別な場所であり、包《パオ》と呼ばれる円形の大きな幕舎になっていた。外見はいたって簡素《かんそ》だが一歩中に入った途端、その豪奢《ごうしゃ》な内装に驚かされる。

室内には西の果ての国から取り寄せたという色鮮《あざ》やかな絨毯《じゅうたん》が敷き詰められ、象眼《ぞうがん》細工の見事な調度品が所狭《せま》しと並んでいる。天蓋《てんがい》つきの寝台にはゆったりと紗幕《しゃまく》が掛けられ、細やかな宝石が散りばめられていた。羊毛で仕立てられた敷布は柔らかで温かく、上質な正絹に羽毛を詰めた掛布団《ぶとん》は信じられないほど軽かった。

その心地よさは、一糸まとわぬ姿で寝台に横たわらなければならなかった小麗をわずかに慰《なぐさ》めてくれる。しかし。

そのわずかな平穏《へいおん》も、夫の来訪によって打ち破ぶられてしまった。

「ご、ご命令どおり、ここに……おります」

毅然《きぜん》と言うつもりだった言葉だが、その声は情けないほど小さくて無様に震えている。

命令とは、婚礼の衣装をすべて脱いで、寝台で待っていろという内容のものだった。初夜とはいえ、一国の皇女《こうじょ》である小麗にとってあまりにも屈辱《くつじょく》的な命令である。しかし彼女は黙って従った。本当は怖くて泣き出しそうだったけれど、侍女《じじょ》から「目的を遂《と》げるためには、むしろその方が好都合です」と言われたからだ。

掛布団を胸の辺りまでしっかりと引き上げながら様子を窺うと、夫は入口にある飲料用の水壺《みずつぼ》から水を飲み、そのままそれで手と顔を洗っている。すぐ隣に手足を洗うための水壺があるというのに。

(なんて雑な男……！)

小麗は顔をしかめる。しかし彼はまったく頓着《とんちゃく》している様子がなかった。

「待たせて悪かった。祝いだとたくさん酒を飲まされてな、遅くなった」

凛《りん》とした声が間近で響いたかと思うと、寝台の紗幕が大きく揺れた。そして小麗の夫となる男、ジン王が姿を見せる。

馬乳酒《ばにゅうしゅ》の強い香りが流れ込んでくるが、天窓からの月光を紗幕によって遮られた寝台は闇《やみ》に沈《しず》んでいて、彼の表情さえよく分からない。だが、聞こえてくる声はまるで少年のように瑞々《みずみず》しく透き通っており、酔《よ》っているようには思えなかった。

(この国の王は本当に若いのね。紫金《しきん》国では考えられないことだわ)

少しでも緊張を和らげるために、小麗はどうでもいいような事を必死に考えてみる。そうでもしなければ、声を上げてしまいそうなのだ。

（聞いた話では、ジン王はまだ二十歳にも届いていないそうだけど）

とはいえ、彼はすでに一国の王として民を束《たば》ねる立場にある。小麗の祖国《そこく》である紫金国でもその名は有名で、戦にかけては負けしらず、百年に一度の英傑《えいけつ》とも草原に生まれた鬼《き》神《じん》とも言われているが、それだけではない。

少年のような無邪気《むじゃき》な瞳《ひとみ》と大人の色香を併《あわ》せ持つ、美貌《びぼう》の王としても名高いのだと祖国の女官達が噂《うわさ》をしていた。確かに月影に映えるジンの体軀《たいく》は、よく鍛《きた》えられた細身の剣を思わせる。相変わらず顔は見えないが、声から察するに女官達の噂を信じても良さそうだ。

婚礼の儀のときにはほとんど見ることが叶わなかった伴侶《はんりょ》の姿を確かめるように、彼もまた探るように寝台の脇に腰掛けてきた。

そして、絹布に包まれた小麗へと手を伸ばす。

「南から来た姫君にとって、ここの春はずいぶんと冷えるだろうな。寒くはないか？」

頬を滑《すべ》る指先に身を硬くしながらも、小麗はそっと首を左右に振る。

防寒といえば綿《わた》しか知らない彼女にとって、羊毛や羽毛の掛布団や敷物は感嘆《かんたん》するほど温かく、その上、部屋の中央には大きな炉《ろ》が焚《た》かれている。祖国の住み慣れた石造りの宮殿よりも、遙《はる》かに温かで快適な部屋だと認めざるを得ない。

「そうか」

ジンは安心したように頷くと、掛布の上から小麗を抱きしめる。

正絹のさらりとした感触が、全身をなで上げるように包み込んだ。それだけで小麗は叫び出しそうになり、思わず唇《くちびる》を強く噛《か》みしめギュッと目を閉じる。

身体の中心で心臓が割れんばかりに高鳴っていた。

(しっかりしないとっ。こんなことじゃ、本懐《ほんかい》を遂げることなんてできない……!)

今夜、小麗はただ抱かれるだけの新妻であってはならないのだ。長年、胸に秘めてきた思いを現実のものとしなければならない。

小麗は少しでも気を落ち着かせるために大きく息を吐いた。そして長年一番近くで仕え、絶対の信頼を寄せている従者、流花《ルーファ》の言葉を思い出す。

『いいですか、姫様。男という生き物はどれほど強い者でも肌《はだ》をさらした女の前ではみな同じ……必ず隙《すき》が生まれます』

流花は小麗よりも十ほど年上の、今年二十六になる女盛りの女官である。いつも控《ひか》えめな態度ではあるが、あらゆる面で知識も経験も豊富であり、何も知らない小麗に実に様々なことを事細かに教えてくれる頼れる侍女だ。

『経験の豊富な女性ならまだしも、姫様にはすべてが初めてのこと。お心もお身体も混乱を極《きわ》めましょう。けれど。いいですか、絶対に焦《あせ》ってはなりません』

ジンの顔が首元に近づき、同時に足首から上に向かってなで上げられる。小麗は目を瞑《つぶ》りながら「焦ってはだめ」と自分に言い聞かせる。

『決して相手に逆らわないこと。殿方の手はあらゆるところをなで回し、ときには姫様が驚くようなことをされるかもしれません。が、そこは懸命《けんめい》に耐えて下さい。できるだけすべてを受け入れ、ジン様が女体に酔うのを待つのです』

女体に酔う、ということがどういうことなのか小麗にはさっぱり分からない。そのうえ、流花のようなはち切れんばかりの大きな胸でもなく、腕も腰も小枝のように細い自分に、果たして男を酔わせるような魅力があるのだろうか。

不安になって聞いてみると、流花はにっこりと微笑んで「大きいばかりが有利ではございませんよ」と教えてくれた。

『姫様は十分に豊かで美しい乳房《ちぶさ》をしておられますし、腕や腰、足などは細い方が好まれます。また姫様の真珠《しんじゅ》のような白い肌には、ジン様も目を見張られることでしょう』

そうは言ってくれたが、こんな暗い闇の中では肌の色など関係ないに違いない。おまけに小麗には、ジンが酔っているようには少しも思えなかった。

来訪時の様子をみる限り、彼はずいぶん酒に強いようだがそれは関係ないのだろうか。

（きゃっ！）

とりとめのないことを考えているうちに、ジンの唇が小麗の耳を伝い頬をとおって唇をとらえた。その誘うような滑《なめ》らかな動きには到底応じられないが、ただひたすら大人しく受け止めようと努力してみる。息継《いきつ》ぎもまともにできず苦しんでいると——。

「可愛いな、男は初めてか」

ジンの言葉に全身がカッと熱くなるのが分かった。村娘ならともかく自分は格式《かくしき》高い紫金国の皇女である。結婚前に男性を経験するなど、絶対にあり得ない。

「……当たり前です……！」

かすれた声で抗議《こうぎ》する。紫金国の姫《ひめ》である自分を、一体なんだと思っているのだ。

「そうでもない。ここからずっと西へ行くと文化も風土もまったく異なる国々があって、そこでは女王陛下も間男を作るとか。この寝台もその国から取り寄せた」

ジンの言葉は流暢《りゅうちょう》で、やはり酔った様子はどこにもない。しかし話している間にも、その動きは止まることなく小麗へと向かっていた。彼女の華奢《きゃしゃ》な身体の柔らかさを楽しむように、あちこちを気ままに滑っていた指先と唇が、やがて胸へと集中し始める。

「!?」

くすぐったいような、寒気のようなえも言われぬ感覚に、小麗はたまらず逃げ出したくなるが、相手は器用に腰を押さえていて、痛みこそないもののびくともしなかった。

(や、止めて)

しかし声にならない。止まない甘《あま》やかな攻撃に耐えきれなくなった小麗は、ふっと気が遠くなる。しかし、ここで意識を手放してしまうわけにはいかなかった。

(だめ……しっかりしないと!)

ここで負けてしまっては、一体なんのために数々の屈辱に耐えて嫁《とつ》いできたのか。必死に唇を噛みしめる。目に溜《た》まった涙で、視界がゆるりと揺らめいた。

ひとしきり胸の膨らみを楽しんでいた手が、やがて内太腿《うちふともも》へと伸ばされる。

そのとき小麗の脳裏に、再び流花の声がよみがえった。

『殿方が姫様のお身体のあちこちを楽しまれているうちは、まだ時期尚早《しょうそう》でございます。けれどおみ足を開かれてしまうと、その先に起こることは激変します。これ以上は姫様の方が余裕がなくなりましょう』

小麗に言わせれば、ジンが寝台に来てからずっと激変の連続だ。けれどこの後、いま以上に恐ろしいことが起こるのであれば、確かに計画を実行する自信はまったくなかった。

『いいですか? もしおみ足を開かれるような素振りがあれば、それが最後の機会です』

最後、その言葉は何よりも恐ろしかった。このまま失敗するわけにはいかない。

太腿から足首までを往復するジンの手は、その柔らかさを楽しんでいるだけのようにも思える。胸の愛撫《あいぶ》から解放され、少しだけ冷静になった頭で、小麗は必死に考える。

そういえばジンは先ほどから言葉も少なく、小麗の身体に気を取られているような気がしないでもない。

(ひょっとして、今が酔っているのかしら?)

ふと押さえつけられていた腰が軽くなった。ジンは小麗の上半身から下の方へと体重を移動させている。今まで身動きが取れなかった身体が自由になるのが分かった。

しかし解放されたのもつかの間、今度は足へと両手がかけられてしまう。小麗の背筋に冷たいものが走った。足を開かれては最後——流花の言葉が耳の奥で響く。

もはや躊躇《ちゅうちょ》している時間はなかった。

(今だっ)

小麗は身を翻《ひるがえ》すと、枕《まくら》の下に隠し持っていた短刀を我が夫に振りかざす。かすかな月光を受け、その短刀は一瞬だけ小魚のように刃《やいば》を煌《きら》めかせた。刃は小麗の腹に顔を埋《う》めている彼の首筋へと突き刺さる。

……はずだった。

「!?」

突然手首に強い衝撃を受けて、小麗は思わず短刀を取り落とす。

信じがたいことだが、痛む手首をしっかりと摑《つか》んでいるのはジンの右手だった。

彼は顔を下に向けたまま、小麗と自分の腕を勢いよく真横へとなぎ払う。

「きゃっ」

大きな音を立てて天蓋《てんがい》の支柱が倒れ、紗幕がすべて床へと舞い落ちる。

寝台を覆っていた闇が消え去り、代わりに幕舎の天窓が現れた。中央にぽっかりと空いた天窓は両手を広げたほどの大きさであり、そこから満天の星々と満ち足りた月が見える。

「やはりギオルシュの言ったとおりだったか」

青白い月光が、彼の姿を鮮やかに映し出す。小麗の両手首を片手で摑み上げ、腰の辺りにどっしりとまたがったジンは、まるで馬上の人のようである。

「！」

そのとき、小麗は初めて我が夫の顔をはっきりと見た。

婚礼のときにはずっと顔を下に向けていたし、もともと顔を隠す作りの婚礼衣装である。

やはり若い王だった。少年のような面立ちに、確かな威厳《いげん》と聡明さを宿した瞳が印象的である。褐色《かっしょく》の肌に黒い髪をしており、だからこそ彼の持つ黄金の瞳がひときわ煌めいていた。身体は鍛え抜かれた戦士のようだが決して大柄な方ではなく、逞《たくま》しいというよりもよく手入れをされた剣《つるぎ》の如《ごと》くほっそりとしている。

「我が妻の顔を初めてまともに見たが、悪くないな」

ジンが口を開いた。意外にもその口調《くちよう》に怒気《どき》はなく、純粋に興味を持ったようだ。

小麗は困惑《こんわく》してしまった。

殺害が失敗してしまった今、流花の意見がたまらなく聞きたい。しかし小麗の頼れる侍女は隣の包《パオ》に待機しておりここにはいない。

「紫金国の姫君、小麗は歴代皇女の中で最も美しく、紫金国の至宝と謳《うた》われるほどの美姫だと聞いていた。確かに姿形は申し分ない。特にこの、陶器《とうき》のような滑《なめ》らかで白い肌には驚かされる」

しみじみと見られると、触られているときとはまた違った恥《は》ずかしさがこみ上げる。

「だが結婚初夜に夫を刃《やいば》で襲う姫なんて聞いたことがないぞ」

大体、とジンは呆《あき》れたように言葉を継ぐ。

「婚礼を望んだのは小麗、お前の方だろう？」

両手首は固定され腰に乗られて身動きが取れぬまま、小麗は顔を背《そむ》けた。悔《くや》しくて涙がこぼれそうになる。

なんて野蛮《やばん》な王であろうか。

話をするならばまず、この恥ずかしい体勢を解くべきだ。

寝台の真上から降り注ぐ月の光は、仰向けのまま胸をさらす小麗とその上に乗るジン、ふたつの裸体を白々と浮かび上がらせていた。

小麗は自分の方から短刀を持ち出したことも忘れて、ジンを睨《にら》みつける。しかし彼は小麗を解放するつもりがないらしく、目を細めて答えを促《うなが》した。

「言えよ、誰の差し金だ？」

「私は……っ」

力を込めたつもりだったが、出てきたのは今にも泣き出しそうなか細い声だった。気持ちを落ち着かせるために、小麗は大きく息を吸ってみる。

「私は誰の指示も受けていないわ。私は自分の意思でここに嫁いできたの。復讐《ふくしゅう》のためだけに生きて、そして死ぬことが私の望みなのだから」

「復讐？」

訝《いぶか》しげに首をかしげているジンを見ていると、新たな怒りが湧《わ》いてくる。しかしその感情こそが、怯《おび》えていた小麗の心を勇気づけた。

今度はしっかりと顔を上げてジンへと強い視線を投げつける。

「そう、復讐よ。何の理由もなく、紫金国の人間がわざわざ壁を越えて荒れ果てた北の草原なんかに来るものですか」

小麗は吐き捨てるように言ったが、ジンが気を悪くしている様子もない。恐らく、ジン達にとって、それは聞き慣れた言葉なのだろう。

「確かに我ら草原の民と紫金国の間には浅からぬ因縁《いんねん》もある。お前達の先祖が造った万魂《ばんこん》の壁がその象徴と言えるだろうな」

海へと流れ込む大河が育む豊かな土壌《どじょう》と温暖な気候に恵まれた紫金国は、千年以上の歴史を持つ文明大国である。一方、ジンの統治するメンギルは紫金国の最北と隣接する草原に暮らす、民の一部族に過ぎない。吹雪《ふぶき》と風ばかりの痩《や》せた土地に家畜を放牧して暮らしている彼らを、紫金国の人間は軽蔑《けいべつ》していた。

それだけではない。長い歴史の中で、紫金国は幾度となく彼らからの略奪を受けている。神業《かみわざ》のように馬を操り、どんな戦いにも長けている北の蛮族は、紫金国から奪えるだけ奪うと再び北の草原へと帰っていった。そんな彼らを紫金国は恐れ、侵略を阻《はば》むために『万魂の壁』と呼ばれる巨大な城壁を造ったのだ。それが今から五百年ほど昔の話である。

「だがどうして今さら、復讐なんだ？」

ジンが疑問に思うのも無理はない。五百年のあいだに、草原の民は遊牧に加えて独自に西の諸国と貿易をはじめた。紫金国から奪わなくても、生きていける環境になったのだ。

小麗の言う復讐を、ジンは国と国との間で生まれた怨恨《えんこん》だと思っている。それは大きな間違いだった。

「……どうしてですって？」

押さえきれない怒りを込めて、小麗は静かに問い返す。嘘偽《うそいつわ》りを以《もっ》てとぼけるつもりなのか、それともこの男にとっては忘れてしまうほどの些細《ささい》な行為だったのか。

（いずれにせよ、許されることではないわ……！）

小麗は殺したいほど憎んでいる夫を目の前にして、堂々と言い放った。

「忘れたとは言わせない。一年前――あなたは私からすべてを奪ったのだから」

第一章　皇女の降嫁

一年前——。

小麗《シャオレイ》は紫金国《しきんこく》の都《みやこ》、紫京《しきょう》から二百里ほど離れたところにある離宮《りきゅう》に住んでいた。

四方を朱色の塀《へい》で囲まれた華やかな宮廷《きゅうてい》には、五つの庭院がある。その中でも『賜瑤《こうよう》』と名付けられた南東の庭院が小麗の一番のお気に入りだった。

（んー……いい気持ち）

桃桜《おうとう》の甘やかな香りが、庭院を優しく包み込んでいる。午睡《ごすい》を誘う春の穏《おだ》やかな日差しが柔《やわ》らかに舞い降りて、小麗はうっとりと目を閉じた。

彼女は今、中央の東屋《あずまや》で愛しい人を待っている。

ひんやりとした大理石の卓子《たくし》には、目を通しておくようにと言われた書物達が置きっぱなしになっているが、小麗は気にしない。それを命じた学師《せんせい》は、小麗の許嫁《いいなずけ》でもあるからだ。名を青海《チンハイ》といい、小麗よりも十ほど年上の優しい瞳《ひとみ》の男性である。いつでも彼女を甘やかし、どんな我が儘《まま》もすべて許してくれる。

そんな青海を、小麗は心から慕《した》っていた。

小麗は今年の春で十四歳になる。皇女《こうじょ》の婚礼は十五歳と決まっているから、青海との結婚は来年の今頃だ。八つの時に許嫁として国内外に承認されてから七年——小麗達は何の問題もなく愛を育んできた。

(私が世界中で一番愛しているのは、青海ただひとり)

とはいえ小麗が知っている男と言えば、帝《みかど》である父、腹違いの兄の龍飛《ロンフェイ》、そして青海の三人しかいない。そのうえ帝である父とはほとんど面識がなく、それは母も同様であった。両親が暮らす紫金城は遠くはなれており、何か大きな祭典でもない限り呼び出されることもない。また祭典に同席したときでも親しく会話する機会はほとんどなかった。

小麗は乳飲み児のときから、この離宮に移り住み乳母に育てられており、それは兄の龍飛も同じである。市井《しせい》の暮らしとは大分異なるだろうが、それが皇族の常識だった。

城内の権力争いを避けるため、帝の子息はみな紫金城がある紫京から遠く離れた離宮で育てられる。そこには皇族以外にも、選りすぐられた名門の貴族の子息などが集められていた。そして皇族ならば帝位を継承する者だけが、貴族達の場合はすぐれた官吏《かんり》だけが、紫金城へと上がる事が許されるのである。

だから同じ環境で共に育った龍飛とは、両親よりかは少しだけ親しい。龍飛は——母親こそ違え——たった二人の兄妹として何かと小麗に気を遣ってくれたし、よく相談にも乗ってくれた。偉丈夫で整然とした美貌《びぼう》の兄のことを、小麗は心から誇《ほこ》りに思っているし、愛する青海も、もともとは兄の親友として紹介されたのが始まりだった。

龍飛は帝位第一継承者なのでいずれは紫金城へ上がるだろうし、青海にしても龍飛の補佐としてやはり同行することになるのだろう。

それに比べて小麗は紫金城へ一生行くことはない。けれど、最初から興味はなかった。

(私は愛しい人の元で着らせたら、それが一番幸せだもの)

青海は城の近くに二人が暮らすための屋敷を建ててくれるだろうか。

部屋の四方には、花鳥風月《かちょうふうげつ》をかたどった立派な螺鈿《らでん》の調度品を飾ろう。それからこの離宮に負けないぐらいの風雅《ふうが》な庭院も欲しいし、妃《きさき》が可愛がっているという狗《いぬ》も飼ってみたい。

新居での甘い生活をとりとめもなく思い描きながら、小麗は侍女に用意させた茶菓子をつまむ。花びらをかたどった砂糖菓子は、甘く儚《はかな》い味がした。

「小麗姫」

突然視界が遮られる。しかし小麗にはもちろん、その声の主が分かっていた。

「遅いわ、青海」

ともすると緩《ゆる》んでしまう頬《ほお》を無理矢理引き締めて、小麗は何とか怒りの表情を向ける。

「申し訳ございません。龍飛様と話し込んでしまいまして」

「兄上も青海もひどいわ。私のことなんてどうでもいいのね」

まさか、と青海は肩をすくめて見せた。

「来年に迫った姫との婚礼について話し合っていたのですよ」

青海の言葉に小麗は顔を輝かせて、その胸に飛び込む。

愛しい人の柔らかな体温が、小麗の頬を優しく受け止めてくれた。それだけで心は幸せに満ちあふれ、喜びが駆け巡る。何処《どこ》よりも心安らぐ彼の腕に抱かれながら、小麗は顔だけをついと上げて首をかしげてみせた。

「婚礼の話じゃ仕方ないわ、許してあげる」

「いいえ。それでも待たせてしまったことには変わりありません。お詫《わ》びにこれを」

青海は背後から手の平に乗るほどの平たい小箱を渡す。

「何？」

「まぁ開けて見て下さい。きっと驚かれますよ」

中を開けてみると、瑠璃蝶貝《るりちょうがい》に細やかな彫刻を施した首飾りが入っていた。透かし彫りにされた極楽鳥《ごくらくちょう》や縁起の良い草花達が、春の日差しを受けて七色に煌《きら》めいている。

「洛北《らくほく》に腕の良い職人がいましてね、瑠璃蝶貝は百人の漁師を使って最高級のものを探させました」

「綺麗《きれい》……！」

「それから、これも」

首飾りをつけてくれながら、青海は背後からそっと優しい口づけをくれた。結い上げられた豊かな髪に、首筋に、そして耳から頬へと青海の唇《くちびる》が幾度《いくど》も落ちてくる。

やがて小麗の口元にたどり着くと、自らの唇で小麗の下唇を優しく挟み込みながら、青海は熱っぽく問う。

「これで許していただけますか」

「ん」

答える時間《ヒマ》など、最初から与えるつもりはなかったらしい。彼はさらに強く唇を押しつけながら、ゆっくりと身体を移動させて正面から小麗を抱きしめた。

（素敵……夢の中にいるみたい）

まるで微熱を帯びたように身体が舞い上がり、足元がふわりと浮かんでいるような気がする。小麗はうっとりとその幸福の波に身を預けた。身体中が蕩《とろ》けてしまいそうな媚薬《びやく》が、口移しで流しこまれていく。

今はまだ唇を絡め合うだけの接吻《せっぷん》だが、十四歳の小麗にはそれで十分だった。優しい抱擁《ほうよう》と甘い口づけ、二人の愛を確かめるのにそれ以外に何が必要だと言うのか。

(でも、それって私だけなのかも)

青海からの口づけはいつもより長かった。満たされぬとでも言いたげな未練を感じさせながら、何度も繰り返し唇を吸われ続ける。やがて。

「……早くあなたを抱きたい」

耳元で苦しげにつぶやく恋人に小麗は曖昧《あいまい》に頷《うなず》いてみせたが、本当は今のままでいいと思っていた。こんな風に優しく抱き合ったり接吻するだけで、とても幸せな気分に満たされている。それは青海も同じだと信じたいけれど、彼はきっと男としてもっと違う愛の形を望んでいるのだろう。もちろん今以上の大人の愛情表現を、小麗だって知識としては理解しているつもりだ。しかし正直に言うと今の小麗にはあまり興味がなく、青海に女として抱かれる様子も上手く想像することができない。

(一年経ったら私も少しは大人になって、こんな気持ちも変わるかしら？　ううん、今の

私だって青海が望むものは何でも捧《ささ》げたいと思っているのよ。それが心であれ身体であれ、この人に望まれるものはすべて)

ただ少し怖いだけ——自分の中の違和感を、そう結論づけた小麗は恋人の腕の中から顔を上げて微笑んだ。

「あと一年の辛抱《しんぼう》だよ」

つま先立ちで青海の首に両手をまわし、慰めるように抱きしめてみる。婚礼が済み、正式に夫婦となれば共に暮らせる。青海の言う『抱く』ということが、今のように胸にかき抱かれることではないと分かっているし、それ相応の覚悟もできている……つもりだ。

それでも小麗はまだ少しだけ、この幸せが続いて欲しいと願っていた。

事態が急変したのは、その年の晩秋のことである。

雪にはまだ早いが、代わりにひどく冷たい雨がしとしとと降り続く早朝——。

妙な胸騒ぎがして、小麗はいつもよりも早くに目が覚めてしまった。

女官達が慌てて火鉢《ひばち》を準備して、暖を取る手筈《てはず》を整えてくれる。洛北焼きの豪奢《ごうしゃ》な火鉢の中で、眠っていた炭達が次々と紅《あか》くその身を燃やしていくのを見ながら、小麗は肘《ひじ》掛けつきの長椅子に身体を任せていた。

冷え切った朝の庭院には、朝靄《あさもや》がけぶっている。

(何かしら?)

早朝の庭院の澄《す》んだ空気がわずかに変化したような気がした。

小麗は思わず身を起こす。

合わせたように霧の中から現れたのは、特別に入ることが許可されている緊急時の伝令兵だった。

「!」

兵の顔が緊張で青ざめている。良くない報告に違いなかった。

「伝令です。青海様が……お亡くなりになりました」

ぱちん、と音をさせて炭がはじける。小さな火花が散り、すぐに消えた。

小麗は大きく目を見開いたまま、口元に手を当てる。何を言っているのか理解できなかった。頭の中が静まりかえっていて上手く言葉が見つからない。

「それは確かなのか」

代わりに後ろで控《ひか》えていた妙齢《みようれい》の女官が、重苦しい口調で問い詰める。

伝令兵はしっかりと頷いた。

「龍飛様がご確認なさいました。間違いございません」

それを聞いた女官達がいっせいに小麗の方を見た。

不吉な報《しら》せを持ってきたこの兵を下がらせるのか、それとも詳しく語らせるのか。これ以上の判断は、皇女である自分が下さなければならない。本当は何も聞きたくなかった。今すぐ耳を塞《ふさ》いでこの場から立ち去りたい。けれど。

小麗は震える指先を何とか隠して、兵へと視線を向ける。

「詳しく、話せ」

小麗の言葉に、兵は「はっ」と短く一礼し、詳細を語り始めた。

「青海様は昨日の夜遅くに何者かによって連れ去られ、今朝方に壁の向こう側で遺体となって発見されました。ご遺体には数えきれぬほどの刀傷《かたなきず》があり、その残虐《ざんぎゃく》さからして北の蛮族《ばんぞく》に殺られたと推測されます」

「壁とはまさか……あの万魂《ばんこん》の壁のことか」

脇《わき》にいた女官の確認に兵は無言で頷き、小麗はさらに驚愕《きょうがく》する。

万魂の壁とは今から五百年ほど前に、紫金国第十一代皇帝の弦翠《げんすい》が造らせた堅固な城壁のことだった。北方の国境が続く限りに延々と伸ばされたその壁を見れば、いかに北の蛮族が紫金国にとって恐ろしい存在だったかがよく理解できる。温暖な気候と豊かな土壌《どじょう》のなかで華やかな文化と伝統を育んできた紫金国と違って、北の蛮族は痩《や》せた土地で遊牧を行い何とか生活を凌《しの》いでいると聞く。だからこそ、紫金国は今までの歴史のなかで何度も彼らから略奪《りゃくだつ》を受けたのだった。

よって紫金国の人間にとって、壁の向こうとは野蛮で卑《いや》しい遊牧民どもが跋扈《ばっこ》する僻地《へきち》なのである。青海がひとりで壁を越えるなど、まず考えられない。

「解せませぬ。一体なぜ、そのような場所に青海殿が……？」

「壁の内側で誘拐《ゆうかい》されたとすると、北の蛮族はまだ国内におるかもしれません」

女官達が勝手に推理を始めるが、小麗にとってはどうでも良いことだった。

(何これ、伝令兵は何を言っているの？　女官達もみんな怖い顔して)

たとえようのない不安感が足元から這い上がってくる。心は冷たく固まり、何の感情も湧いてこない。

(そんなの嘘《うそ》よ。私、あの人と昨日もちゃんと会ったもの。最近、急に寒くなってきたから風邪を引かないようにって、銀狐《ぎんぎつね》の襟《えり》巻きをくれたのよ？　いつものように微笑んで抱きしめて、口づけを)

唇にはまだ、その温もりの記憶がある。同じ場所にそっと自分の指を当てると驚くほど冷たくて、小麗はふいに泣きたくなった。

なぜ、涙が溢《あふ》れそうなのか。胸を刺すようなこの鈍い痛みはどこからくるのか。考えるべきことはたくさんあるのに、頭がちっとも働いてくれない。

呆然《ぼうぜん》とする小麗の耳に、伝令兵の言葉が途切れ途切れによみがえってくる。

昨日の夜遅く——刀傷、数えきれぬほどの。北の蛮族。遺体。亡くなった。青海。青海。

小麗はぎゅっと目を瞑《つぶ》る。ふいに心臓が激しく鳴りだした。

何とか理解できたのは青海が亡くなったということ。そしてそれは現実的な説明がつくほど、明確な事実らしいということだ。

(あの人が消えてしまった……もう二度と会えない?)

くらりと視界が揺れた。違う、揺れたのは視界ではなく小麗の方だ。

「大丈夫ですか」

倒れそうになった自分を支えてくれた腕を辿《たど》ると、そこには流花《ルーファ》の黒い瞳があった。

小麗は彼女の顔を見つめながらぼんやりと思う。今、とてもひどいことが起きた。もう二度と思い出したくないような。このまま触れずに済ませたいようなことが。

けれど、流花がいればひとまず安心に違いない。

彼女は小麗が物心ついたときからずっと仕えてくれている側近である。賢《かしこ》くて心遣いの細やかな流花は、小麗が困ったときには必ず助けてくれた。それも何かを命じる前から速やかに行動を起こし、気がつけばいつも守ってくれている。だから。

（大丈夫、流花が何とかしてくれる）

ただ祈《いの》るように。

いや、すがるようにそう強く思い込んで、小麗は流花の手を握り締める。ずっと守られて生きてきた小麗には、そうすること以外思いつかなかった。今までも困ったときは必ずどこからか救いの手をさしのべられた。自分はただ待っていればいい。今までもそうやって生きてきたのだから、今度だって——。

小麗の心中を察したように、流花もまた優しく握り返してくれた。

「小麗様」

気遣うような流花の声が、耳元へと落ちてくる。それだけで緊迫《きんぱく》していた心の糸が少しだけ緩まった。

小麗はほっと小さな息を吐くと、そのまま意識を手放していた。

しかし、奇跡は起こらなかった。

絶望の海に沈《しず》んだ心は、絶えることなく血を流し続け、悲しみが癒《い》えることはない。愛する人の不在は暗い影のように小麗に付きまとい、身も心も蝕《むしば》んでいく。朝も昼も夜も、耐えがたい孤独《こどく》が小麗を苛《さいな》んだ。

しかし、どれだけ苦しくても誰も助けてくれるわけではない。流花をはじめとする女官達の懸命《けんめい》な慰《なぐさ》めも、悲嘆《ひたん》に暮れた小麗まで届くことはなかった。

誰も肩代わりできない苦悩《くのう》というものが世の中にあることを、小麗は生まれて初めて知った。お金や身分では決して解決できず、自らの力でしかこの悲しみからは抜け出すことは叶わないのだ。しかし、今までひたすら大切に扱われ、甘やかされてきた小麗には、自分の力で立ち直ることなど到底無理な話である。

小麗は途方に暮れたまま、毎日毎日泣き続けた。

(青海ってばホントにひどい人だわっ。私を、私をこんな目に遭《あ》わせて……!)

文句のひとつも言ってやりたくて、宮殿を隅《くま》なく歩きまわるが、青海はどこにもない。

二人で長い刻《とき》を過ごした庭院、青海が好きだと言っていた書物庫や小麗が足を踏み入れたことのない武器庫、宮殿の柱のひとつひとつまで——小麗は毎日、青海の姿を求めて彷《さま》徨《よ》った。けれど。

どれだけ捜しても、愛する人は見つからない。

(どうしてよ、なんでいないのよ)

許せなかった。認めない、こんなの絶対に間違っている。青海の身にふりかかった現実の悲劇なんて自分には関係ないし、聞きたくもない。小麗の知ったことではないのだ。ただ青海は、自分の愛する婚約者は、ずっと側にいなくてはいけないはずである。それが自然で当然で、唯一正しいこと。それ以外に起こったことなんて、みんなみんな間違っている。

(私は青海と結婚して、あの人の妻として生きる)

それはずっと昔から決まっていて、さらに未来まで続く二人の約束だったのに。

「バカ……青海のバカ」

自分を独りぼっちにしておいて、こんなに悲しい想いをさせて、一方的に知らん顔なんてひどすぎる。困ったときにはすぐに駆けつけてくれるのではなかったのか。侍女の流花と違い、実際には一緒に困ってくれるだけで、あんまり役には立たなかったけど。

それでも側にいてくれるだけで、なぜか心が安らいだ。

そして小麗は今、これまでにないほど強く彼を必要としている。それなのに。

「……青海……!」

どうしてあの人は、この場所に居ないのだろう。

景色はなにひとつ変わっていない。女官の顔ぶれも庭院の様子も同じだし、宮殿は今日も朱《あか》く鮮やかに煌《きら》めき、その中でたくさんの人々が忙しそうに働いている。

そんな当たり前の日常に、青海だけがいなかった。

(会いたい、青海。会いたいよ)

青海への憤《いきどお》りはあっけないほど簡単に、愛《いと》しさに飲み込まれる。ただ会いたかった。いかなる形でもいいから、ひと目その姿を見ることができればどんなに救われることだろう。

耐えきれず涙が頬を伝い、小麗はひとり泣き崩《くず》れる。孤独に震えるその肩先を、ただ風だけが吹き抜けていった。

食事もろくに取らず、眠れない日々が続くようになると、自害を心配する女官が四六時中そばにつくようになった。それを鬱陶《うっとう》しいと思う感覚さえ、だんだんと薄れていく。

やがて秋が過ぎ長く暗い冬を越えて、再び春が巡ってくる頃――。

嘆くことにも疲れ果て、ただ人形のようにぼんやりとした日々を過ごしていた小麗は、突然、兄である龍飛に呼び出された。

「やつれたな。紫金国の至宝が台無しだ」

龍飛の指先が、慰めるように小麗の頬をそっと撫でる。

彼は一回りほど歳の離れた小麗のたったひとりの兄であり、優しさの中にも凜《りん》とした厳さを感じさせる、次代皇帝に相応しい人格者だ。腹違いではあるが、幼い頃から小麗を何かと気に掛けて可愛がってくれていた。

「みなが心配している。至宝と謳われるに相応しい、輝くばかりに美しかったお前の笑顔はいつ戻るのだ?」

兄らしい問いかけに、小麗は返す言葉もなくうつむいてしまう。

(至宝だなんて……どれほど褒《ほ》め称《たた》えられようと、青海がいなければ何の意味もない)

そう思うと、枯《か》れ果てたはずの涙がまたこみ上げてきた。

「無理を言うようだが……早く元気になってくれ。お前の泣き顔を見るのは、私とて辛《つら》い」

「兄様!」

たまらず胸に飛び込むと、しっかりと抱き止めてくれた。青海のいない今、小麗にとって最も安心で頼りになる場所は、兄の腕の中である。

ただ次代皇帝である龍飛は日々忙しく、小麗の方から会うのを自粛《じしゅく》していたのだが。

(兄上……)

こうして呼び出され、兄の顔をみると甘えたい気持ちが抑えきれなくなってしまう。

「分かっている、青海は私にとっても無二の親友だった。そなたの辛さは承知しているつもりだ」

耳元で、兄の穏やかで落ち着いた声が響く。

「私なりに小麗の悲しみを少しでも和らげたくてな。あれからずっと調べていた」

「調べるって？」

小麗は濡《ぬ》れた大きな瞳を上げて、兄の顔を見た。

「ああ。青海の身体に刻まれていたのは、殺傷力の高い刃。紫金国にはない、壁の向こうの蛮族の武器だった。やはり犯人はあいつらに違いない」

青海の身体は無残に切り刻まれ、小麗は最後の挨拶《あいさつ》もできなかったほどである。

「壁の向こうの蛮族……」

「奴らは五つ国に分かれ互いに醜《みにく》い内戦を繰り返しているが、その中でも最も勢いのある部族がメンギルだ。青海を襲《おそ》った連中も、メンギルと見ていいだろう。野蛮な奴らのことだ、強奪目的であったに違いない」

「……」

なぜ兄は、自分にこんな話を聞かせるのだろうか。小麗が聞いたところで何ができるわけでもない。どうせ青海は戻ってこないのだし、今さら犯人を知りたいとも思わなかった。

「ところで」

龍飛の声色がふいに変わった。

「お前は今年の春で十五になる。婚礼の儀を迎えねばならんが」

相手は決まったか、という問いまではあえて言葉にしない。それでも小麗には分かっていた。国益《こくえき》に結びつく男の元へ嫁ぎ国の安定を手助けすることが、政務に就けぬ女性皇族の唯一の務めなのである。

青海の父は、隣国・弦《げん》の外務《がいむ》尚書《しょうしょ》であった。紫金国への友好の印に、三男坊である青海を仕えさせていたのだ。紫金国内では、尚書の三男坊と第一皇女では格が違うという声もあったが、次代皇帝の龍飛が強引に婚約までの道をつけてくれた。

(それなのに)

悲劇は起こってしまった。

だからと言って、一生を独身で貫けるほど皇女という立場は甘くない。それは小麗も重々承知している。しかし今は、何も考えられなかった。

「お好きになさって。青海様と一緒になれない以上、誰でも同じです」

龍飛の腕をすり抜けて、小麗は背を向ける。心のままに答えたつもりだったが、龍飛はやれやれと肩をすくめてみせた。

「実はな、申し込みが多数きている。これではなかなか決められぬと、先日皇帝陛下がご相談に来られたのだ」

そこでだ、と龍飛は小麗の様子を窺うようにちらりと視線を投げる。

「お前、メンギルのジン王の元に嫁ぐ気はないか？」

「!?」

小麗は驚愕して振り向いた。

自分が今、どんな顔をしているのか想像できない。兄上は一体、何を考えているのだろう。メンギルと言えば、青海を殺した北の蛮族だと先ほど言ったばかりではないか。

その王に嫁げなど——あまりにもひどい仕打ちである。

小麗の険《けわ》しい視線を受け止めながら、龍飛は二、三度軽く頷いた。

「当然だ、気持ちは痛いほどよく分かる。しかし紫金国と彼らとの間に同盟の話が持ち上がっていてな」

「同盟ですって？」

「そうだ。さっきも言ったように、壁向こうの蛮族どもは昔から互いに血で血を洗う争いを繰り返している。彼らはみな、北の草原に住む野犬と同じだ。今までは好きにさせてきたが……今回のような被害が出れば、そうも言っておられん。しかし」

そこで龍飛は、いかにも不快だという様子で顔をしかめた。

「我らが直接、壁向こうを支配するなど考えるだけでも汚らわしい。そこで、犬には犬の統率者が必要となってくる。我ら紫金国は、その役目をメンギルに決めた。メンギルと同盟を結ぶことによって、奴らにかりそめの権力を与え、紫金国の番犬とするのだ」

「だからって！」

なおも食い下がろうとする小麗の頭を、龍飛は優しく撫でる。

「もっとも、お前の言いたいことは分かる。皇帝陛下もひどいことを考えるものだ。私も最初は反対した。しかしよく考えてみてくれ。これは小麗、お前のためでもあるのだ」

ふいに龍飛の様子が変化して、小麗は思わずぞくりと身を震わせる。見慣れたはずの兄の表情に昏《くら》い影が落ち、低い声がゆっくりと部屋に流れた。

「……復讐できる、良い機会ではないのか」

「！」

小麗は驚きのあまり声も出ない。復讐？　嫁ぐことがなぜ、復讐になるのだろうか。小麗の怪訝《けげん》な瞳をのぞき込みながら、龍飛はさらに続ける。

「私はお前がこのまま人形のように暮らすことを望んではいない。だが、すべてを忘れて幸せになれと言えるほど、無責任な兄でいたくもないのだ。お前がどれほど青海を愛していたか、私が一番良く知っている。だからこそ」

真意が読めずに立ち尽くす小麗の肩を、龍飛がそっと抱き寄せる。

「ここは大人しくメンギルに嫁いでおいて、メンギルの王を油断させ隙《すき》を突き――」

耳元でささやかれる、ぞっとするような甘い罠《わな》。

「殺せ」

日頃の優しい兄からは予想もできない言葉だった。初めて見る冷酷《れいこく》な兄の貌《かお》を見上げながら、小麗は震える声で聞き返す。

「でもそれじゃあ、同盟が……」

「もしお前がジン王を殺害して同盟が破棄《はき》されたとしても、すべての責任は私が持つ。だから小麗、お前は好きに思いを晴らすがいい。復讐を果たし、青海の仇《かたき》を取るのだ」

復讐、と小麗は自分の中で反芻《はんすう》してみる。

それは悲しむばかりで考えたこともなかった発想だった。改めて兄の思慮の深さに感嘆《かんたん》する。青海を失ってからひたすら真っ暗だった心に、ふと朱い炎が灯ったような気がした。それは罪《つみ》深く不吉に揺らめいてはいるが、明かりであることには違いない。

「復讐」

言葉にしてみると、その思いは現実として鮮やかに浮かび上がった。

愛を失ってからずっと空虚《くうきょ》だった人生に、えも言われぬような不思議な力が流れ込んでくる。そうだ。よく考えれば青海以外の男との婚礼など、最初から無意味なものである。

どこに嫁ごうが、誰に抱かれようが、唯一の愛を失った人形のような自分にとっては関係ない。

（だったらせめて、青海の死に報いたい）

それが小麗の新たな人生の幕開けだった。


「だから私は」

寝台の上で自由を奪われた小麗は、裸体をさらしたまま復讐相手を睨《にら》みつける。

「ジン王、あなたを殺しに来たの。許嫁を殺した蛮族を、私は絶対に許さない。そのためだけに長らえてきた命なのだから」

「……なるほどな」

しばらくの沈黙《ちんもく》があって、ジンが乾《かわ》いた声でつぶやくのが聞こえた。軽く受け流すようなその態度が、小麗の怒りをさらに深めていく。

力任せに暴れてみるが、しっかりと押さえ込まれた身体はびくともしない。

「離してっ」

あまりの悔しさに眦《まなじり》に涙が溜まっていく。しかしジンは手首を離さないまま、あろうことか小麗の首筋に、胸にと、次々に唇を滑らせていった。

「！」

短刀はすでに床に落ちてしまっていた。暗殺は失敗したのだ。小麗にはこれ以上どうすることもできない。このまま自分は、世界で一番憎《にく》い男に抱かれてしまうのだろうか。

（ならばあとは死ぬだけだわ）

どうせ一年前のあの日、自分の心は青海と共に死んだのだ。復讐も叶わぬ人生など、今さら惜《お》しくもない。小麗は覚悟を決めて、自らの舌を強く噛もうとする。その時だった。

ジンの執拗な口づけが、小麗の細い腰の辺りで止まる。

「小麗。お前は確かに姿は美しいが、腹の中はひどく醜《みにく》いな。この白い陶器のような滑らかな皮膚《ひふ》の下に、復讐という真っ黒な雨雲が渦を巻いているのが見えるようだぞ」

「!?」

小麗は物心ついたときから容姿を褒められることが多かった。

しかし自ら美貌《びぼう》を鼻にかけた覚えはないし、そもそも外見にあまり興味が持てない質《たち》である。しかし、さすがに面と向かって醜いと言われては、穏やかな気持ちではいられない。

「やめた。俺は今夜、お前を抱かない」

さらにジンはあっさりと寝台から降りると、足元の短刀を拾い上げる。

「今晩だけでなく、これからずっとだ。お前の方から俺に『抱いて欲しい』と懇願《こんがん》するまで、俺はお前を絶対に抱かない」

「……な！」

何を馬鹿なことを言っているのだろう。懇願などするはずがないではないか。自害することも忘れて目を見開く小麗に向かって、ジンは不敵な微笑みを浮かべた。

「俺は部下達から『金狼《きんろう》』と呼ばれている。この地方に古くから伝わる伝説でな、金色の狼は人の言葉を理解し話すことができる。しかもその金狼の言葉には偽《いつわ》りがなく、常に真実だけを語るのだ」

「金狼……」

「そうだ。俺がそう呼ばれるのは、今までどんな困難なことを口にしても必ずやり遂《と》げてきたからだ。お前も、よく覚えておけ」

それから、と手中にあった短刀を器用に一回転させると柄の方を小麗に向けて手渡す。

「どうせ殺すならもっとよく相手の動きを見ろ。俺の片腕にギオルシュという男がいる。話をつけておいてやるから、明日からしっかりと訓練するんだな」

そう言って、さっさと衣服を着込むと「風邪引くなよ」と言い残し、幕舎《ばくしゃ》を出て行ってしまった。入れ替わるように、飛び込んできた人影がある。流花だった。

「姫様、お怪我はないですか」

裸の胸に掛布団を押し当てたまま、小麗はぼんやりと流花を見上げる。

嵐の如き出来事が次々と起こったあとでは、流花の顔もひどく懐かしく思えた。

「流花、私……」

それだけ言うとあとは言葉にならず、ただ流花の豊かな胸に飛び込んでしまう。悔しさと安堵する気持ちがいっぺんに押し寄せてきて、小麗はわっと泣き出してしまった。

今まで何とか心を奮い立たせて頑張ったものの、短刀を握り締めたときから——いや、ジンが包《パオ》に入ってきたときから、本当は。


それはそれは、怖かったのだ。


翌朝。

「……」

小麗は妙《みょう》な気持ちで朝食の時間を迎えていた。

昨夜、自分が実行したのは仮にも王暗殺である。当然何かしらの咎《とが》は覚悟していたのだが、新しい妃のために用意された召使い達は、まるで何事もなかったかのように手際よく

TIARA TAROT
TIARA TAROT
Tiara Label
Tiara Label

PAGE OF WANDS

ティアラ文庫

着替えを手伝い、寝台を整えて朝食を準備してくれた。

ジンは昨日のことを誰にも言わなかったのだろうか。それともまさか本当に、小麗が復讐を果たせるように訓練するつもりなのか。

文句があるわけではないが、何となく落ち着かない。

（困ったな、流花になんて言おう……）

用事を済ませた召使い達が出払い、包には小麗と流花だけが残っている。目の前には、豪華な朝食が所狭しと並べられていた。肉や乳製品はもちろんのこと、紫金国では見たことのない珍しい果物や、西の国で主食とされているらしい小麦粉を使った料理もある。

「姫様、お茶を淹《い》れましょうか」

すぐそばに座っている流花が、手元にある籐籠《とうかご》から茶器を取り出した。

紫金国では高位の人間だけが椅子に座って食事をとり、従者は近くで立つことが当然である。付き合いの長い流花でさえ、同席することなど許されないのだが、ここでは誰もみな地べたに座って食事をする。

流花は最初「とんでもないことです」と拒《こば》んでいたが、熱心に勧《すす》めるとしぶしぶ承知してくれた。小麗は、気心の知れた従者と一緒に食べる朝食に新鮮な喜びを感じる。

「ありがとう。頂くわ」

炉《ろ》に掛けられた鉄瓶《てつびん》から茶葉に熱湯が注ぎ入れられると、たちまち芳《かぐわ》しい香りが立ち上った。流花は慣れた手つきでお茶を淹《い》れながら、頃合いを見計らって昨日の結果を聞いてくる。

小麗はできるだけ詳細にすべて打ち明けた。

「では姫様は」

驚いたように流花の手が止まる。

「何もされてないということですか？」

彼女の問いには二重の意味が込められている。短刀を振りかざすも復讐の果たせなかった自分、そしてジンに何もされなかった自分。どちらにせよ、情けない。

今さらながら決まりが悪く感じられて、小麗は小さく頷いた。

「……信じられません」

艶《いろ》っぽい瞳を大きく見開いて、流花はひたすら驚いている。しかし小麗にはそれほど不思議なことには思えなかった。

「結局、復讐が失敗したのもジンが抱くのを止めたのも、全部私の力なり魅力なりが足りなかったからだわ」

バツが悪そうにそう告白すると、流花は呆《あき》れたようにため息をついた。

「姫様」

流花は小麗の腕を摑《つか》むとしっかり自分に向き合わせる。

「姫様はもっと、ご自分の価値を知るべきです。貴女様は紫金国の至宝と謳《うた》われた、百年に一度現れるか否かという美貌をお持ちなのですよ。そのうえ、十五歳という若さも持ち合わせておられる。その初々《ういうい》しくお可愛らしい魅力に逆らえる男などおりませぬ」

「……」

だが実際にジンは逆らった。それに魅力というが、艶っぽい雰囲気にも無様に動揺せず豊満な肉体を持つ流花の方がずっと素敵だと、小麗には思えた。が、お互いに褒め合っていても仕方ないので、無理に話題を変えてみる。

「それで私は今後、どうすればよいと思う?」

流花は「そうですね」としばし考え込んだ。その様子を、小麗は頼もしい気持ちで見守る。流花は気配りが細やかで頭も良く、誰よりも側に置いておきたい従者だ。

いや、正直に言えばそれ以上の感情があった。

(市井の姉妹というのは、こういう感じなのかしら)

難しい顔をして思案する流花の耳に飾られた翡翠《ひすい》石を何とはなしに見ていると、彼女がふいに顔を上げた。小麗は慌てて姿勢を正す。

「やはり今はジン王様に逆らわず、力を溜める時期かと思います。恐らく、あの方は姫様のことを甘く見ておられるのでしょう。それを逆手に取るのです」

いいですか、と流花は小麗の瞳をのぞき込む。

「私がここへ来てからジン王のまわりの人間を調べました。確かにギオルシュという右腕としている重臣がおります。部下の中では王の信頼が最も厚く、特に戦においては、鬼神と言われるジン王に次いでお強いのだとか。小麗様が今後行わなければならないことは、指示どおりに訓練だと偽ってその方にお近づきになり、上手にジン王様の本心を聞き出すことです」

「上手に聞き出すって？」

小首をかしげる小麗に向かって、流花は悪戯《いたずら》っぽく微笑んでみせた。

「場合によっては女の武器を使ってもよいということです。それで仲違いでもしてくれれば、姫様がお手を汚すことなく復讐が遂げられるやもしれませんよ」

「……」

それはけっこう無理な感じがする。しかし流花の言うことに従っておけば確かなのも事実なので、特に反論する気にもなれなかった。

「……分かった。努力してみる」

流花に淹れてもらったお茶の器を意味もなくいじくりながら、小麗はしぶしぶ頷く。まったく自信はなかったが、ともかくやるべきことをするだけだ。

大分おかしなことにはなってしまったが、復讐への道は始まったばかりなのである。


一方、ジンの方も朝から首をかしげていた。

まだ生まれたての弱々しい朝の光に、金色の瞳を細めながら馬を走らせる。考え事をするときには、馬を走らせるのが一番だ。風を感じながら草原を駆け抜けると、様々な迷いも不思議なほど晴れて明確な答えが浮かんでくる。

「ジン王！　野鳥はどちらに飛んでいったのですかっ」

背後から声がして、ジンは黒髪をなびかせながら振り返った。両脇には幾人《いくにん》かの若い少年達が、同じく馬上の人となってついてきている。

「あー……俺が見たのは東の空だ」

狩りなどするつもりのなかったジンは、適当に答える。本当は一人で遠乗りに出かける予定だったが、厩舎《きゅう》で部下につかまってしまった。部下とはいえ、ジンが王になる前からの付き合いであり、悪友とでも呼んだ方がしっくりくる間柄だ。となれば当然、昨日の妃との初夜のことを聞きたがるに違いなかった。

それを誤魔化すために「野鳥狩りに出かけるぞ」と勢いで言ってしまったのだが。

(参ったな、これは本格的に野鳥を探さないと)

こっそりため息をつきながら、東の空へと目をこらしてみる。

妃が暗殺目的で嫁《とつ》いできたという事実は、メンギルの王としてまだ隠しておかなくてはならない。しかし、小麗を抱き損ねたことについては、少年独特の面子《めんつ》として黙っておきたかった。我ながら、そんな自分が笑えてくる。

(俺もまだまだ子供だってことだ)

小麗姫を最後まで抱かなかったのは、ただの気まぐれだった。

紫金国という国は、ジンにとって必ずしも好印象なわけではない。伝統ある大国には違いないが、やることがいちいち姑息《こそく》で面倒くさいのだ。それが高度な政治だと言われればそれまでだが、明快さと自由を愛するジンの気質とは根本的に合わない。

そんな国から姫を嫁がせたいという話があった時点で、何かきな臭いものを感じていたのだが、まさか暗殺目的だとは夢にも思わなかった。

(いや、確か忠告されたっけ。ギオルシュに)

大国からの降嫁《こうか》の知らせに湧くメンギルの中で、冷静沈着《れいせいちんちゃく》な右腕であるギオルシュだけが表情を緩《ゆる》めなかった。

『この結婚は表向き、同盟の証《あかし》ということになっていますが……それは諸刃《もろは》の剣だということをお忘れなきよう』

彼の忠告の真意が分からず、ジンは「じゃあ断るか」と軽く眉を上げた。もともと乗り気の話ではない。まだ若すぎる自分にとって、結婚など面倒事が増えるだけで何の魅力もなかった。

『いいえ、ジン様には囮《おとり》になってもらいます。まずは姫の動向に気をつけて下さい。案外、思わぬ獲物に繋《つな》がっているかも』

にっこりと微笑むギオルシュに、ジンは呆《あき》れて目を細める。王自らを餌《えさ》とするとは、ギオルシュも良い度胸である。

(まったく、俺も良い部下を持ったものだ)

しかしその分、頼りがいもある。ジンは王としての自らの力を信じているが、それは威厳や品格を示すものではない。心から仲間を信頼できる強さ、そして同じように信頼される絆を作り上げる力こそが、自分が王として与えられた唯一の才能だと思っている。

おかげでメンギルは、隣国からも最強と謳われるまでになった。自分は良い仲間に恵まれた果報者の王だ、とジンは改めて思う。

とはいえギオルシュの忠告に対して、ジンにも妙《みょう》な意地があった。

相手は花も手折れぬような弱々しい姫である。たとえそれが偽装《ぎそう》だったとしても、用心しすぎて身動きが制限されるぐらいなら、罠にかかってしまった方がよっぽど清々する。

だから毒が仕込まれているかもしれない水瓶《みずがめ》から、わざと飲んでやった。剣の腕に自信がなければ、恐らく手段は毒《どく》だろうと踏んでいたのだが結局ただの水だった。

そのうえ、振りかざされた短刀の的外れなこと——。

(何だったんだ？　あの暗殺芝居《しばい》は？)

姫が油断させている間に刺客を送り込むということなら、もっと話は分かり易《やす》い。だが、小麗姫以外には誰も人の気配はなかったし、実際に誰も手助けにはこなかった。

そして極めつけが小麗の涙の告白である。婚約者がどうだとか、兄がどうしたとか、ジンにはよく理解できない話を一方的に聞かせた挙げ句、「だからあなたを殺す」である。

姫の話を聞く限りでは、それはただの個人的な怨恨《えんこん》だ。だとすれば政治的背景は何もないのか。

(判断するには情報が少なすぎる、か)

今はもう少し様子をみなければ何とも言えない。「俺を殺したければ、もっと復讐の腕を磨け」と小麗に言ったのは、監視の役目をギオルシュに任せるためである。

(それにしても)

ジンは昨夜の小麗の様子を思い出す。感情丸出しの泣き顔に、折れそうなほど細い腰。箸《はし》よりも重いものを持ったことがないような軟弱《なんじゃく》な腕に、慣れない短刀を持っている姿は憐《あわ》れでさえあった。

恐らく、羊を締《し》めるよりも簡単に息の根を止めることもできたはずだ。いや、その前に彼女は自害しようとしていた。それを放っておくこともできたが、しかしジンは反射的に抱かないと宣言してしまった。

積もりたての新雪のような、淡い肌《はだ》。潤《うる》んだ大きな瞳。整った小さな顔と形の良い乳房にくびれた腰つき……思い出すだけでジンの若い血は熱く滾《たぎ》る。実際に、あの場面で姫に背を向けるのは相当な精神力を要した。

しかし、もしあのまま抱いていれば彼女は舌をかみ切っていたかもしれない。いくら自分の命を狙《ねら》った者とはいえ、簡単に彼女を失いたくはなかった。

有難いことに、ジンはそれほど性欲が強いわけではない。もちろん女を知らないわけではないが、それはいつも甘すぎる砂糖菓子のようで、決して嫌いではないがのめり込むほど好きにもなれないのだった。

第一、女性を泣かせてまで抱くことに対して、激しい嫌悪感がある。それには昔から受け継がれるメンギルのしつけが大きく関わっていて、彼らは幼い頃から力の弱い女性には、当然のように優しく接するべきだとたたき込まれて育ってきた。

それはジンも例外ではなく、しかしだからこそ女性とは彼にとって面倒くさい存在でしかなかった。常に機嫌を取って気分良くさせ、こまめに構ってやらないと怒るか泣き出してしまう。

（そういう点では、あの姫さんも相当面倒くさそうだな）

こちらを懸命《けんめい》に睨《にら》みつけている小麗の可憐《かれん》な瞳を思い出しながら、ジンは笑いをかみ殺した。不思議なことに、彼女に対しては不快さよりも先におかしさがこみ上げてくるのだった。それは愛や恋といった感情とはほど遠く、まるで珍しい貂《てん》の子供を拾ってきたような気分である。

大国の箱入り娘という、自分とはまったく異なる人生を送ってきた彼女に興味もあった。

「ジン王、いました！　野鳥ですっ」

ふいに右から声がした。見れば確かに、東の空に野鳥の群れが飛んでいる。当てずっぽうに言ったことが偶然にも現実となった。

密かに感謝しながら、ジンはその少年に声をかける。

「よくやったぞ、テムル。あれはお前が狩れ」

「わ、私ですか⁉」

テムルと呼ばれた少年は戸惑い真っ赤になっている。その部下は、視力と勘《かん》は光るものを持っているが、弓の腕がイマイチなのだ。そのせいでまだ一度も狩りに成功していない。

「大丈夫だ、俺も手伝う」

馬の手綱《たづな》をさばいて素早くテムルの背後に回り込むと、同じように弓を構えた。

「いいか、一羽だけに集中するんだ。先の動きを読め」

ジンの指示に、テムルは真剣に頷いている。次の瞬間、同時に二本の矢が空をかけた。

ジンの矢は外れ、テムルの矢が一羽の野鳥に突き刺さる。

「やった！」

テムルが喜びの声を上げた。まわりの少年達は、そろってジンへと何か言いたげな視線を送ってくる。狩りに精通した者ならば簡単に分かることだった。

今のはジンが放った矢に驚いた鳥が動きを止め、それをテムルが射止めただけなのだと。

立派な部下を育てるには、こうして自信をつけてやるのが一番だ。

（やはり俺には、女の相手よりもこちらの方が気楽だ）

ジンはテムルにだけ気付かれないように、みなに向かって片眼を瞑ってみせた。

流花との朝食を済ませてから包《パオ》を出ると、太陽はすでに中天に向かいつつあった。遮《さえぎ》るものが何もない野性的な眩しさに、小麗は思わず目を細める。見上げれば薄い蒼色の空が果てなく広がっており、時折、刷毛《はけ》で描いたような白い雲がゆっくりと流れていく。元来雨の少ないこの大地には、どこを見ても木々など一本もなく、ただ足元を隠す程度の草が茫々《ぼうぼう》と広がっていた。

空と大地はぼんやりとした境界線で繋がっており、そこに風が我が物顔で吹き渡る。強弱を繰り返しながらも決してやむことのない風は、紫金国の春とは違ってまだ肌を刺すような冷たさを含んでいた。

(ここがメンギル……私、本当に北の果てまで来ちゃったんだ)

視線を下ろすとひときわ立派なジン王の包《パオ》があり、その脇が小麗のいる妃の包《パオ》である。それらを中心にして放射状に大小様々な幕舎が作られていて、さらにそのまわりでは、放牧された牛や馬、羊達がのんびりと草をはんでいた。小麗は目をこらしてさらにその先へと瞳を向ける。しかしそこには、おおらかな隆起を繰り返す草原が、果てしなく続いているばかりだった。

万魂の壁で北を拒み、街の四方を壁で囲って暮らしている紫金国とは何もかもが違う。

遮るものが何もない景色というのは確かに爽快《そうかい》だが、少し怖い気もする。

自分がとてもちっぽけな存在に思えてしまうのだ。

「!?」

夢中で遠くを見ていると、誰かが袖《そで》を引っ張った。驚いて視線を戻すと、同時に可愛らしい声が耳に届く。

「姉さま、これあげる」

見れば子羊をつれた幼い少女が野花を集めた小さな花束を差し出している。小麗は啞然《あぜん》としてすぐには言葉が出ない。そのまましばらく、少女と見つめ合ってしまった。

「あ、ありがとう」

やっとのことで絞《しぼ》り出すようにそう告げると、女の子は安心したようににっこりと微笑んだ。笑うとくっきりとしたえくぼが現れ、両頬は初春の風の冷たさで真っ赤になっている。恐らく風邪を引かないようにだろう、たくさんの服を着せられた少女は全体的にもこもことしていて何だか動きまで可愛らしい。

「リテルったら！　その人はジン王様の大事なお姫さまなんだから、姉さまなんて呼んだらいけないのに」

ふいに背後から声がして、振り返るとそこにはまたひとり別の少女がいた。花束をくれた女の子よりも二、三歳年上のようだが、それでもまだ十歳にはなっていないだろう。しかも驚いたことに、その娘はひとりで馬に乗っていた。大人顔負けの手綱さばきで、上手に馬の鼻先を変えている。

「だって……！」

咎められて泣きそうになっている少女を見て、小麗は慌てた。子供の扱いなど慣れていない自分にとって、ここで泣かれることが一番困る。焦りながら小麗は口を開いた。

「あのっ。別に姉さまでいいよ、私は」

何だか怒ったような言い方になってしまう。しかしリテルと呼ばれた少女は、それで気を取り直したのか、

「じゃあ姫姉さまだね」

と再びにっこりと笑うと、一方的に「またね」と手を振りながら子羊の耳をぐいぐいと引っ張って向こうへ行ってしまった。馬上の少女も一礼すると、その後を追う。

「……」

小麗は花束を手に、呆然と彼女達を見送った。

本当はもっと優しい言葉をかけてあげたかったが、全然上手くできなかった。しかしそれも仕方がない。今までの人生の中で、幼い子供と話す機会など一度もなかったのだから。

(それにしても。本当に可愛かったな、あの子達)

こちらを見上げる大きな瞳に、小首をかしげる仕草――思わずくすりと笑ってしまう。

その時、聞き慣れない男性の声で名を呼ばれた。子供を見て自然と浮かんでしまった笑顔を奥にしまい込んで、小麗は声のする方向に視線を向ける。

「呼び止めてしまってすみません。わたくしはギオルシュと申します」

「!」

彼こそが、ジンが昨日口にした人物に違いない。流花からは、ギオルシュが王に次いで戦に強いと聞いていたので、もっと強面の男を思い描いていたのだが。

(やだ、全然違う)

女と見まごうような優しげな面立ちで、肩まで伸ばした真っ直ぐな金色の髪をひとつに束ねている。穏やかな瞳の奥に、真の強さを隠し持っているような気がした。その精悍《せいかん》な立ち居振る舞いを見る限りでは彼もメンギルの戦士に違いないのだろうが、ジンのような野蛮で向こう見ずな不敵さは微塵《みじん》も感じられない。

「慣れない土地で戸惑いも多いかと存じます。昨夜はよく眠れましたか?」

「……ええ」

腹心だというこの男に、ジンは昨夜の暗殺劇をどこまで話したのだろうか。小麗は曖昧《あいまい》に返事をすると、強引に話題を変えるために少女達が消えていった包《パオ》の方を見遣った。

「それよりも驚いたわ。ここでは、あんな小さな女の子まで馬に乗せるのね」

「リテルだって乗れますよ」

にっこりと微笑んで、ギオルシュは小麗が手にしている花束を指差した。言葉すらたどたどしかったあの幼い少女が？　まさか。

「本当に？」

「メンギルの子供はみな、物心つく前に馬に乗って羊を追います。厳しい環境のこの土地では、老若男女、王も民もみな働き者でなくては生き抜けません」

ジン王も、とギオルシュは王の包の方へと瞳を向けた。つられて小麗もそちらを見る。

「朝からメンギルの若い男達を引き連れ、野鳥を追いに」

おかしげに報告するギオルシュの視線の先には、馬から颯爽《さっそう》と飛び降りているジンがいた。まわりには、同じように次々と馬上から降りる少年達が見える。その中で一番軟弱《なんじゃく》そうな少年が初めて狩《か》りに成功したらしく、少し恥ずかしげに獲物《えもの》を馬から外していた。

その間にも盛んにみなに肩を叩かれたり蹴《け》りを入れられたりして、ジン達から乱暴な祝福を受けている。

（たかが鳥ぐらいで……ホント馬鹿みたい）

今度は祝福のお返しだとばかり、その少年が水桶《みずおけ》から水をまき散らし始めた。彼らはこの寒い中、白い息を吐きながら上半身を裸にして幼子のようにはしゃいでいる。しかし、そんな子犬のようにじゃれ合う少年達に紛れても、ジンの際立つ美貌と精悍な肉体には自然と目が引きつけられた。

「朝のご挨拶でもされますか？」

「あ、会わぬ」

思わず見惚れていた自分に気がついて、小麗は慌てて顔を背けた。そしてギオルシュに向かって不機嫌に言い放つ。

「あれで一国の王だとは笑わせる。我ら紫金国の皇帝ともなれば、あのように部下が親しく接することなど許されぬ。血を分けた私でさえ自由に会えぬほど、皇帝とはみなから尊《とうと》ばれる存在なのだ」

そして、つんと横を向いていた顔をできるだけ上向きにしてジンへと視線を戻した。

「それに比べ、草原の王は威厳に欠ける」

しかしギオルシュは気を悪くした様子もなく、穏やかに微笑むと「なるほど」と頷いてみせた。

「しかし我らも決して、ジン王を同等だとは考えておりません。日頃はあのように親しんでおりますゆえ王であることも忘れますが、一旦戦《いくさ》になると、己《おのれ》の命を預けるに相応しい方だと信じています」

「命を預ける？」

「ジン王のために死んでいくことが我らの誇り、そして喜びです」

「……」

紫金国には、そこまで思い詰めて仕事をしている官吏《かんり》達がいるだろうか。確かに皇帝は敬っているが、それは自らの役職の威厳を守るためである。皇帝の位を尊ぶことはすなわち、それ以下の位である尚書《しょうしょ》や将軍の地位を下の者に敬《うやま》わせることになるからだ。

（でもそれはきっと、紫金国が平和だから。命なんて預ける必要もないんだわ）

無理矢理にそう結論づけると、小麗は意地悪な気持ちになって顔を上げた。

「ではあなた、ジンが死ねって言ったらそうするわけ？」

戸惑う顔を期待していたが、予想に反して彼はしっかりと揺るぎない瞳で即答する。

「もちろんです」

「……理由とか、何もなくても？」

「ええ」

何でもないことのようにあっさりと頷くと、ギオルシュは「そういえば」と同じ軽さで話を続ける。

「小麗様は昨夜、ジン王に短刀を向けられたとか」

「!?」

ぎょっとしてギオルシュの方を見ると、彼はいつの間にか長剣を手にしている。

(しかも二本も……!)

油断していた。彼は王の最たる腹心、しかも腕の立つ武勇者でもある。ジンがギオルシュに昨夜の暗殺劇を伝え、返り討ちを命じるということも十分にあり得る。確かにここで殺されても文句は言えないが、最初からそのつもりでギオルシュは、親しげに話しかけてきたのだとすれば――。

(何が金狼よ、自分で手を下す勇気もない腰抜けの王じゃないのっ)

心の中でジンに毒づいてみるが、怖くて顔も上げられない。目を伏せたまま、小麗は二、三歩ふらふらと下がる。それが精一杯だった。

「小麗様?」

いたわるような声で、ギオルシュが首をかしげている。そして何を思ったのか、二本あるうちの一本の長剣を小麗に差し出した。

「?」

「今朝、ジン王からその話を打ち明けられましてね。ご機嫌でしたよ、勇気ある女性は勇気ある王子を生む。これは幸先《さいさき》がいいと」

「……何ですって!?」

小麗は目を見開いた。なんと脳天気な話だろう。昨日、長々と言って聞かせた恨《うら》み節を、その一言で簡単に片付けてしまうとは。

(大雑把《おおざっぱ》にもほどがあるわよっ)

これは自分の人生すべてを賭けた復讐なのだ。卑《いや》しい北の蛮族が、大いなる国家・紫金国に対して行った卑劣《ひれつ》な殺戮《さつりく》への報復なのだと叫びたい。

しかし小麗は、その気持ちを何とか抑える。

訓練を受けると偽《いつわ》ってギオルシュに近づき、ジンの本心を探ること、今朝の流花の指示が脳裏をよぎった。

「ジン王に頼まれました。小麗様にこの土地のことや、馬の乗り方、剣術などを指南して差し上げろと」

もちろんお嫌でなければの話ですが、と付け加えてギオルシュは優しい瞳を向ける。

本当にジンはどういうつもりなのだろう?

流花の言ったように、完全に自分を甘く見ているのか。それとも、小麗を手に掛けるこ

とによって紫金国との同盟関係を失うことを恐れているのだろうか。

（いずれにせよ）

小麗は躊躇《ちゅうちょ》しながら、彼の差し出す長剣を受け取った。

「いいでしょう。そのお話、お受けします」

ぎこちなく微笑みながら何とか返事をする。こうなったら偽りの訓練などではなく、本気でとことん強くなってやる。そしていつか、あの男の寝首をかいてやるのだ。

「では最初に教えなさい。あなた達草原の民にとって、紫金国は敵なの、味方なの？」

それは小麗が最も知りたいことのひとつだった。紫金国とメンギルは何もかもが違いすぎる。兄の龍飛は『壁の向こうの番犬代わりだ』と言っていたが、それでも紫金国ほどの大国がなぜ、わざわざ第一皇女を嫁がせてまで同盟を結ばなければならないのか。

小麗にはどうしても納得がいかないのだ。

「難しい質問ですね」

ギオルシュは、困ったように空を振り仰いだ。

「それにお答えするには、まず紫金国とメンギルの歴史を紐解《ひもと》かなければいけません」

「紫金国はあなた達から何度も略奪を受けたわ。だから万魂の壁を造らせたのよ」

「紫金国からは何度も裏切られましたからね。メンギルだけでなく他の部族も」

「裏切られた？」

初耳である。あまり熱心に歴史を学んでこなかった小麗だが、北の蛮族と紫金国の関係ぐらいは理解しているつもりだった。

「失礼。裏切りという響きは、よくないですよね」

ギオルシュは背負っていた自分の鞄《かばん》から地図を取り出すと地面に広げる。それは紫金国内の地図しか知らない小麗にとって、一度も目にしたことのない形だった。

「？　紫金国はどこ？」

「こちらです」

「私の国はこんなに小さくないわ」

頬を膨《ふく》らませて告げると、ギオルシュが隣で破顔している。

「これは西の商人から手に入れた世界地図というものです。小さいのは紫金国だけでなく、我らメンギルも」

そう言って指を差した先には、確かに小さな文字でメンギルと記されている。

「じゃあ、他の場所は一体何？」

「何、と言われましても……同じように国を築き、生活を送る人々が住んでいます。世界は我々が思っているよりもずっと広いのです」

にわかには信じられなかった。今まで紫金国のまわりにはメンギルのような蛮族が住み、それより先は人が住めない砂漠や海しかないと教えられてきたのだ。

「紫金国を東に行けば海が広がり、その先には刀の形をした大きな島国があります。また西へ行けば、北にある我らメンギルの草原へと繋《つな》がり、その先にはさらに多くの国々が栄《えい》枯盛衰《こせいすい》を繰り返しているのです」

ギオルシュの、女性のような細くてしなやかな指先が地図を辿る。

「そして我ら北の草原に住む民族は、主に五つの部族に分けられます。メンギル、タタール、ケレイト、ボルジキン、ダヤン。中でもメンギルとタタールは二大勢力として、他の部族を取り込んで成長してきました。しかしふたつの部族が別々に支配するには、この草原は狭すぎるのです。どちらかが草原を平定し、戦のない平和で安定した暮らしを築き上げることこそが、草原に暮らす者の悲願でもありました。しかし、それを阻止《そし》し続けてきたのが紫金国なのです」

「!?」

思いがけないところで、祖国の名前が出てきた。

「草原を統一し、力を結束させると、それは紫金国と以南の国々にとって大きな脅威《きょうい》となり得ます。解決策としては、それぞれの力を分散し戦わせて消耗《しょうもう》させること――すなわち、紫金国は我らメンギルが劣勢《れっせい》のときには力になり、優勢になると敵であるタタールに武器や食糧の援助を行う……万魂の壁が造られてから五百年、我らはその動きに翻弄《ほんろう》され続けました。先ほどは裏切りと言ってしまいましたが、見方を変えれば実に見事なやり方です」

ギオルシュは手にした地図をくるくると丸めながら、小麗へと視線を向ける。相変わらず、柔らかな視線だった。

「お分かり頂けましたか？　だから紫金国は、我らにとって敵であり味方でもあるのです」

「……じゃあメンギルは今、劣勢ということ？」

小麗の問いに、ギオルシュは微笑んで首を横に振った。

「いいえ、逆です。ジン王の勢いは単独でもタタールを圧倒し、たとえ紫金国がついたとしても今やタタールに勝てる見込みはない。だからこそ紫金国の皇帝は先手を打つつもりでメンギルと同盟を結び、貴女を差し出したのです」

兄である龍飛の話でも、メンギルに草原を平定させて壁向こうの番犬とするという話だった。

ということは今度こそ、ジンに草原を統一させるつもりなのだろうか。確かにそれを見越しての同盟であるならば、小麗が嫁いだ理由もよく分かる。メンギルの優勢時に、それも第一皇女を降嫁させたという事実は、今までの裏切りを清算できるほどの信頼を得られたはずだった。

（でも兄上は、私の復讐で同盟が流れても責任は持つと仰って下さった……）

その思いに胸が熱くなる。皇帝陛下は無益な争いを避けるため同盟を結んだのだろうが、あの豊かで立派な紫金国が本気で戦えば負けるはずがない。

だからこそ、龍飛は同盟の締結よりも小麗の想いを優先させてくれたのだろう。

政治的な話は難しくて苦手だが、ともかく今の自分にできることは剣の腕を磨《みが》いて青海の仇《かたき》をとることだけである。

（そのためにもしっかり剣の扱いを学ばなくちゃ）

手元の長剣を抱きしめる。しかし今度はいつ、ジンは隙を見せるだろうか。絶好の機会だった初夜は終わってしまったし、ジンは今夜から小麗の包《パオ》には来ないのだ。

（……本当に来ないよね）

ふと不安になって、小麗はギオルシュを見上げた。

「ねぇ、ジン王がみなから『金狼』って呼ばれているってきいたけど」

本当？　と念を押してみる。

「無論です」

にこりと微笑むと、ギオルシュは彼にしては珍《めずら》しく自慢《じまん》するように胸を張った。

「ジン王様は、一度口にされたことを必ず成し遂《と》げるお方。今までどんな無謀《むぼう》な戦いにおいても、また無理な約束でも宣言したことは必ず叶《かな》えてこられました。だからこそ、いつの間にか誰からともなく生まれた呼び名なのです」

しっかりとした口調で頷くギオルシュに、小麗はほっと胸をなで下ろす。ジンは確かに「お前から頼まれるまで抱かぬ」と言ったのだ。復讐の機会については改めて流花と相談するとして、とにかく今晩からはゆっくりと眠れそうだった。

「しかし、それが如何《いかが》なされましたか？」

不思議そうに首をかしげているギオルシュに、小麗は真っ赤になってそっぽを向く。ジンは昨日の初夜のことを、この男にどこまで詳しく話したのだろうか。

しかしまさか、昨日の事の顛末《てんまつ》を知っているかと訊《たず》ねるわけにもいかず、小麗は、

「何でもない！　それよりもさっさと人の殺し方を教えよっ」

と勇んで剣を握り締めた。しかし、それをギオルシュが優しく制する。

「まず、小麗様には馬の乗り方をお教え致しましょう」

「う、馬!?」

「大丈夫、五歳のリテルでもできることですから」

「……」

そう言われてしまっては、断るわけにはいかない。それに、メンギルの人々が草原を颯《さっ》爽《そう》と駆け抜ける姿を少し羨《うらや》ましくも思っていたのだ。小麗がしぶしぶ頷くと、ギオルシュは「では早速、大人しい馬を見繕《みつくろ》ってきましょう」と馬柵《うませ》へと走り出す。

(……何だか、上手に復讐から遠ざけられたような気がするんだけど)

依然《いぜん》として面白くない小麗であるが、いざ馬に乗ってみるとそんな不満など吹き飛んでしまった。目線がぐっと高くなるだけで、見える世界がまるで違う。

まだ歩かせることしかできないが、それでも頬に当たるかすかな風は気持ち良かった。

ギオルシュの教え方はとても上手だったし、栗毛色の馬は賢《かしこ》そうな目をしていて、小麗を気遣うようにゆっくりと歩いてくれる。

知らず知らずのうちに乗馬に夢中になっていると、ふいに横から声を掛けられた。

「ずいぶんと様になってきたじゃないか、小麗」

ジンである。彼は返事よりも先に小麗の馬に飛び乗り、後ろから手綱を奪い取る。

「ちょ、ちょっと!」

「歩かせるだけじゃ、馬の本当の魅力は分からないぞ」

彼はそう言うと、力強く馬の胴《どう》を蹴《け》る。呼応するように、小麗の馬は一声いななくとぐんと速度を上げた。

「きゃっ」

思わずジンの胸にしがみつく。勝手なことしないでっ、と怒ろうとした言葉を、しかし小麗は再び飲み込んでしまった。

(素敵!)

もはや風を感じるという感覚ではなく、まるで自分自身が風になったかのような、生まれて初めての爽快感である。

「どういう目的であれ、小麗はこの国へ来たんだ。だから俺は、メンギルの素晴らしさを教えてやりたいと思う」

前を見つめたまま、ジンが静かに口を開く。その精悍な顔つきを見上げながら、小麗は口元に自分の指を当てて考えていた。

(金狼のジンか……)

先ほどのギオルシュの言葉がよみがえる。部下にここまで信頼を寄せられる『金狼』とは、きっと民にとって心強い存在なのだろう。ジンはまだ二十歳前だという。同じ年頃の紫金国の王子ならば、たとえ帝位に就《つ》いたとしても尚書《しょうしょ》や文官《ぶんかん》達にすべてを任せて良いとされる若さである。

それに比べて、ジンはすでにメンギルの民の命を預かる王として立派に君臨《くんりん》している。

風格と貫禄《かんろく》を兼ね備えて、部下からの信頼をしっかりと得ているのだ。

(もちろん、紫金国とメンギルでは治める規模が違うのだけれど)

面白くない気持ちがないわけでもない。

それでも、この北の果てで懸命《けんめい》に生きる草原の民と、彼らを守り導くジン王との信頼関係を少しだけ好ましく思った。もちろん復讐の相手には違いないが、そこだけは評価できるのかもしれない、と小麗は改めて思う。しかし。

心に芽生えたわずかな好意は、早くもその晩には台無しになっていた。


「どういうことよっ」

寝台の上で小麗は叫んでいた。

小麗の包の入口には、昨日と同じように何食わぬ顔でジンが立っている。

その日は夕方までギオルシュから馬の乗り方を教わり、そのあと流花と夕餉《ゆうげ》を楽しんだ。おまけに雨の少ない土地では貴重だろうと思っていた水を、妃の包《パオ》に仕える召使い達はふんだんに使って湯浴みをさせてくれた。

さっぱりと気持ち良く、満たされた気分で寝台に横になり、ギオルシュから借りた世界地図を眺《なが》めていたのだが――。

「昨日、私を抱かぬと約束したでしょう？」

「だからと言って、包《パオ》に来ぬとは言っていない」

「……」

言われてみれば、そのとおりである。ジンは唖然としている彼女を無視して、

「地図を見ていたのか」

と人懐っこく笑いかけると、何の躊躇もなく寝台へと上がる。そして小麗を背後から抱きしめるような体勢で座った。

「ちょ、ちょっと！」

「俺も世界地図を見るのは大好きだ」

すぐ耳元でジンの低くて艶《つや》やかな声が響いた。小麗の小さな背中に、ジンのしっかりとした重みと温もりが伝わる。

「この包にある家具はすべて西の商人達から買った。彼らの国は……この辺りだ」

ジンの指は、紫金国からもメンギルからもずいぶんと遠い、西の果てを差していた。そこには別の形をした海があり、入り組んだ土地が描かれている。

「この地図の先はどうなっているの？」

ふと胸に湧《わ》いた疑問を口にする。小麗が青海から教えられた世界は、あくまで紫金国を中心としており、そのまわりには人も住めぬ砂漠と海が果てしなく広がっているだけだった。

無論、それは青海が嘘《うそ》を教えたのではなく、皇女のための知識はその程度で良いとされているからだろう。紫金国では、女性が学問を修める習慣はなかった。

しかし一度新たな世界を見せられると、次を知りたいと思ってしまうのは仕方がない。

「さあな。それは誰も知らない。でも驚くような説はあるぞ」

ジンは面白そうに語り出した。

「繋がっているんだってさ。まだ証明した奴はいないが」

「繋がっている？」

言葉の意味が分からない。ジンは小麗の両脇から手を伸ばして地図を手にすると、絵が外に向くようにくるりと丸める。

「こういうことだ。西の果ては東の果てと繋がっている」

「まさか!?　それじゃあ人が落ちてしまうわ」

「俺もにわかには信じられないさ。でも西の天文学者にはそんな荒唐無稽《こうとうむけい》な説を唱える奴がいるらしい、宗教上の関係で今はまだ極秘だがな。ここメンギルでも、星見師《ほしみし》はあり得る話だと」

だから、とジンは声を大きくして小麗を抱きしめた。

「俺はそれを証明したい。草原を平定したら次は地の果て、海の果てを目指す。俺は命ある限り、この広い世界をどこまでも突き進むだろう。小麗、お前にもきっといつか世界のすべてを見せてやる」

強く抱きしめられながら、小麗は戸惑っていた。

(世界を見せる?)

そのような夢を語る男を、小麗は知らない。

紫金国では男子は皇帝になって国を治めることこそ最高の栄誉《えいよ》だと信じられている。それ以上の夢などあるはずもなかった。同じようにジンは、メンギルの王になることが目標ではなかったのか。そしてそれを遂げた今は、草原を統治すればそれで終わりではないのか。

(大雑把なのは行いだけかと思っていたけど、野望まで雑なのね……一体、この男は何を考えているの?)

真剣に考え込んでしまっている隙に、ジンは何気なく小麗の肩に手を掛けた。

「?」

そのまま夜着を下にずらして、露わになった素肌に唇を滑らせている。

「な、何をしてるのよっ」

腕を振りほどこうと力の限りもがいてみるが、ビクともしなかった。

「う、嘘つき。昨日は抱かぬと約束したでしょう!?」

「抱かぬとは言ったが、脱がさぬとは言っていない」

先ほど似たような台詞を聞いた気がする。ジンは悪びれもせずに、小麗の腰紐を解きにかかっていた。

「無論、触らぬとも言っていないぞ」

唖然としている小麗に気遣うことなく、すっかり緩んでしまった夜着の衿元《えりもと》へと手を差し込んでくる。ジンの手が直接、小麗の乳房を包み込んだ。

「!」

さざ波のように何度も優しくなで上げられる。それはまるで、男を知らない小麗をいたわるかのような動きだった。身体の奥底から、かすかに甘やかな電流が流れてくる。

小麗は初めての経験に息を飲んだ。執拗《しつよう》に煽《あお》り立てる指先から何とか逃れようと身体を突っぱねるが、それがかえって胸に指を食い込ませる形になってしまう。

ジンはその動きに合わせるかのように、二本の指先で小麗の小さな乳首を挟み込んだ。

それを軽くつまむ。

途端、さらに強い刺激が身体を駆け巡る。

(……や……何、これ)

完全に恐慌状態に陥《おちい》った小麗をなだめるかのように、ジンは背後から口づけをしてきた。柔らかく下唇を噛んだかと思うと、首筋から喉元《のどもと》までをすっと舌が這《は》う。その度に、身体には得体の知れぬ感覚が走った。

動きに合わせてビクンと全身を震わせる様子を見て、彼は満足そうに耳元でささやく。

「昨日よりかは感じているようだな。覚えるのが早い身体だ」

意味は分からないが、何だか恥ずかしいことを言われた気がする。

小麗は唇を塞《ふさ》がれたまま「嫌だ」と言う間もなく、下着まですするすると脱がされてしまった。一糸まとわぬ姿をさらすのは昨日と同じだが、部屋には灯りが点《とも》されていて皓々《こうこう》と明るい。それに気がついた小麗は、真っ赤になって叫んでいた。

「あ、灯りを消して……！」

「嫌だな」

腹立たしいほどあっさりとした口調で却下《きやつか》される。ジンはさらにじっくりと鑑賞《かんしよう》できるように、背後から正面へと小麗の身体の上を移動してきた。

「お前の肌は白くて美しい。昨日は月光に照らされた青白い裸体しか見れなかったが、この輝くような白い肌が、俺の手によって少しずつ紅に染まるのもさぞかし美しいだろう。俺はそれを見たい。だからこれからは毎晩、灯りのもとでするぞ」

「！」

毎晩、という言葉に小麗は驚愕する。そんなこと絶対に耐えられない。言葉もなく必死に首を振る小麗に、しかしジンは「安心しろ、すぐに慣れるから」と明るく言ってのけると、気持ち良さそうに胸の谷間に顔を埋めてきた。

（こんなの、慣れるわけないじゃない！）

執拗《しつよう》に胸を揉まれ、唇と舌で中央部分を何度も刺激される。怖くてギュッと閉じた瞳の奥では意味の分からない文様《もんよう》が浮かんでは消えていく。血がぞわぞわと湧き立つ感じがして心臓《しんぞう》の音だけが身体中に響くが、それさえも甘やかな刺激となって小麗を苛《さいな》んだ。

「声を殺すな。余計に辛《つら》くなるぞ」

そんなことを言われても、恥ずかしくて出せるわけがなかった。

小麗はジンの言葉に逆らうように、顔を逸《そ》らしてぐっと息を止める。大体、自らの手で追い詰めておいて「辛くなるぞ」などと偉そうに言わないで欲しい。

「強情な奴だ。だが……悪くない」

必死の抵抗すらも彼は楽しんでいる。

そしてそんな小麗の意地を試すかのように、両方の手の平と指先で器用に乳房を弄《もてあそ》びながら、噛みしめている小麗の唇を自分のそれでこじ開けた。小麗の小さな口腔《こうこう》に彼の舌が侵入し、所狭《ところせま》しと蹂躙《じゅうりん》していく。その激しさに息もつけない小麗は、まるで溺《おぼ》れているかのように喘《あえ》ぎ続ける。

口づけだけなら、許嫁だった青海から何度も受けてきた。

しかしジンのは全然、違う。相手の唇の感触を愛おしむ余裕もなければ、胸躍るときめきもない。代わりに青海のときには感じなかった身体の一部分が、次第に熱を帯びてくるのが分かった。どうしてそんなことになるのか。どこで繋がっているのか。

自分の身体であるにもかかわらず、小麗にはまったく理解ができない。

「！」

小麗の身体の反応などすでに承知とばかり、ジンはその熱を帯びた箇所に手を伸ばしてきた。激しい口づけを止めぬまま左胸だけを解放して、その手を下腹部へと這《は》わせていく。

それが割れ目へと到達したとき、小麗の身体で新たな衝撃がはじける。とうとう我慢できずに小さな悲鳴を上げてしまった。

「昨日よりもずっと熱く迎えてくれるじゃないか」

ジンが嬉《うれ》しそうに喉《のど》を鳴らしながら言った。

唇を触れあわせたままだったので、その言葉は妙に心へと刻み込まれる。彼の声色は相変わらず憎たらしいほど明るかったが、当初よりもやや湿《しめ》り気を帯びてきていた。

伸ばされた指先が誰にも触れられたことのない襞《ひだ》をなぞり、先端の突起を軽くなで上げる。それが何度か繰り返された。

(ああ……!　なにこれっ)

その度に耐えがたいほどの快楽が小麗を襲う。声こそ必死に堪えているが、呼吸は乱れ唇は無様にわなないていた。確かに昨日には感じられなかった快楽の焔《ほのお》が、身体のあちこちで燃え始めている。だがそれを慣れだとは、絶対に呼びたくなかった。

「か……勘違《かんちが》い、しな、いで……迎えて……なんか」

息も絶え絶えに訴《うった》えると、ジンは顔を上げて意味深に微笑んだ。そして何を思いついたのか、名残惜しげに唇を離すと、胸の愛撫も一旦《いったん》止める。ほっとしたのもつかの間——。

「!?」

あまりのことに、小麗は両手で自分の口元を覆っていた。

彼は小麗の足首を両手で広げると股間に顔を埋め、その両手と舌先を全部使って彼女の秘められた泉を荒らし始めたのだ。

これまでの愛撫など比べられないほどの官能《かんのう》の波が、一気に押し寄せる。

それは小麗の感覚をすべて攫《さら》い、翻弄《ほんろう》し、さらなる渦《うず》の中へと引きずり込んだ。

今、ジンに拘束《こうそく》されているのは臀部《でんぶ》のみであり、逃げ出そうと思えば可能なはずだった。

しかし腰がガクガクと震えて、どこにも上手く力が入らない。

「や、やめ……!」

やっと出た小さな懇願は、しかし最後まで声になることはなかった。

突然、大きなうねりが小麗を襲う。混濁《こんだく》した意識ごとどこかへと放り上げられ、そして突き落とされた。自分の意思とは関係なく、下半身が無様に震え上がる。

「小麗は素直でいい身体を持っているな」

ジンは満足げに顔を上げると、濡れた口元を拭《ぬぐ》った。

放心状態の小麗は、大きく肩で息をしながら返事すらできなかった。

自分は横になっていてただ受け入れていただけなのに、なぜこんなにも呼吸が乱れるのだろう。それに、股間の辺りがじくじくと濡れたように疼《うず》いている。

(これは何?　本当に私の身体なの?)

ジンの顔をよけながら、小麗は自分の足を閉じて横を向き胎児《たいじ》のように丸くなった。

その身体に、ジンがそっと掛布をかけてくれる。そして自分も寝台に身を横たえると、背後から包み込むように寄り添った。

　横向きになってさらに強調されている小麗の腰のくびれをなぞり、胸に手を当てて軽く揉みしだく。それだけで、敏感《びんかん》になってしまった小麗の深部は甘く疼いた。

「気に入った。これからもっと色々なことを教え込んでやろう」

　耳元でジンの低い声が響き、耳朶《みみたぶ》を噛まれる。

　その晩、密やかな教授は何度も繰り返された。

　どう猛な強さで腰を抱いたかと思えば、信じられないほど繊細な指先で身体中を撫でられる。すべてが初めての経験に、ともすれば声を上げてしまいそうな唇を必死に噛みしめながら、小麗は心の中で叫んでいた。

（抱かないって言ったくせに！　嘘つきっ。ギオルシュもジンも、草原の民はみんな嘘つきよっ）

第二章　月下の契り

「残念ですが、姫様」

予想に反して、流花《ルーファ》は困ったように首を振って見せた。

「抱くという行為は、必ずしもそのような場合を指すわけではありません」

「そんな……！」

味方からもそう言われてしまって、小麗《シャオレイ》は黙るしかない。

「抱かれるとは、初めての女性ならば血を流すほど激しい行為です。恐れながら、今までの姫様は痛みをお感じになりましたか？」

「ううん……痛くはなかったと、思う」

これも金狼《きんろう》の為《な》せる業《わざ》なのか、ジンは言葉どおりに毎晩小麗に会いに来た。

子供だと馬鹿にされるのが癪《しゃく》で、あれから毎晩抱かれている。いや、触られている。最初は頑《かたく》なだった身体は、少しずつ小麗を裏切るように悦《よろこ》びの芽《め》を増やしてきていた。首筋から背中にかけて、両乳房とその先端、口では言えない秘所や、内太腿《うちふともも》から足の指先まで、あらゆる場所がジンの愛撫《あいぶ》に反応した。

その度に、小麗の身体の核《かく》が熱く甘やかに疼《うず》くのだった。

数日が経ったある日、小麗はとうとう流花に打ち明けた。金狼などと言っておいて、ジンは容易《たやす》く約束を破る下劣《げれつ》な男であると。当然のことながら、流花にはともに共感し憤慨《ふんがい》して欲しかった。だが、返ってきたのは申し訳なさそうな流花の顔である。

「恐らくジン様は姫様のお身体に、自分だけが与えられる褒美《ほうび》を刻《きざ》みつけておいでなのでしょう。いずれその褒美だけでは満足できなくなった姫様が、この先に待っているさらなる快楽の扉を待ち望むように」

「……」

褒美だなんて言わないで欲しい。自分は決して快楽を望んで受けているわけではなく、あくまでも復讐の機会を得るために我慢しているのだから。

それでも時々「この先に何があるのだろう」と思うことがある。流花の話では、それは激しい痛みと血を伴うのだというのだが、ならばなおさら待ち望むなんてあり得ない。

(だって痛いのなんて、絶対に嫌。私には無理だわ)

青海《チンハイ》がもし生きていたらそれを望んだのだろうか。否《いな》、小麗が痛がって血を流すことなど、彼ができるはずがない。少し怒っただけでもオロオロと機嫌を取ってばかりいる人だったから。青海の困った顔を思い出して、小麗はふいに悲しくなった。

そして、メンギルに来てから愛しい彼の面影《おもかげ》がよぎることは一度もなかったことに気がついた。離宮にいたときには毎日思い出していたのに。

(きっと、ここに来てから驚きの連続だからだわ)

すべての元凶《げんきょう》は、あのジンである。

彼は毎晩小麗の元に来て——流花に言わせると約束を守って褒美は与えるものの——決してその先まで進もうとはしなかった。小麗にしてみれば十分に心乱される行為だが、今はそれを有難く思うべきなのだろうか?

「しかし。毎晩そこでお止めになっていれば、お互いにお辛《つら》いでしょうに」

流花の何気ない言葉に、小麗は首をかしげる。自分は別に今のままで構わない。確かに恥ずかしくてやりきれない気分にはなるが、それを辛いとは感じたことはなかった。

(そこで止めてくれた方がいいんじゃないの?)

それともジンは辛いのだろうか?

小麗にはよく分からなかった。無邪気に心のままに生きているようなのに、意外にも彼の態度や表情が感情的になることは一度もない。夜の戯《たわむ》れ事の最中でも、常に小麗の様子を鑑賞《かんしょう》しながら自分も楽しむという感じで、その行為に没頭したり陶酔《とうすい》している風には見えなかった。だから本当は辛いのを我慢《がまん》していると言われれば、そうかもしれない。

「……ジン様の果たせぬ想いを、指先とお口で上手く導く方法をお教えすべきでしょうか。しかし姫様にそんなこと」

流花が頬に手を当てて悩んでいる。その内容はさっぱり理解できないが、ともかく耳をそばだてる。やがて流花は、決心したようにしっかりと首を横に振った。

「いいえ。やはり姫様には、わたくしからわざわざそのような行為を教えるべきではないでしょうね。ここはジン様に直接ご指導していただくか、我慢してもらわねば」

「どういうこと？」

流花は「いいえ、こちらの話です」とたおやかに微笑んで見せた。

「？」

こちらとは大人の領域《りょういき》のことのような気がして、小麗はちょっと傷《きず》つく。毎晩、あんなに頑張って受け入れているのに、自分はまだ子供だというのか。それとも大人になれば、痛いことも血を流すことも平気になるのだろうか。

他人事のようにため息をつく小麗をみて、聡《さと》い従者である流花は釘《くぎ》を刺す。

「姫様、復讐《ふくしゅう》を忘れてはいけませんよ」

「そ、そんなこと言われなくても」

慌ててそっぽを向く。

しかし当初の意気込みからちょっとずつ調子が狂《くる》い始めているのは、否定できなかった。大体、もっと野蛮で冷たい態度を取ってくれればいいのに、ジンもギオルシュも嬉しそうな顔で小麗に色々なことを丁寧《ていねい》に教えてくれるのだ。いいや、彼らだけではない。

(メンギルの人ってみんな親切なんだもん)

そんな心中を見抜かれたようで居心地が悪い小麗は、そっと唇を噛んだ。

「ちゃんと、分かってるわ」

「分かっておられません」

流花はぴしゃりと指摘してから、今度は小麗の手を大切そうに包み込んだ。小麗はたちまち気まずくなってしまう。手に小さな豆ができてしまってから、剣術はサボりがちだった。ただし、馬に乗ることは格段に上達している。草原の風を切って走るのは、とても気持ちの良いことだった。

(大人って奥が深いのねぇ)

「姫様は今でも紫金国の大切な至宝――唯一無二の皇女様なのです。敵に油断させるのはいいことですが、まさかこのまま草原の民に堕《お》ちるおつもりではないでしょうね」

「そ、そんなわけないでしょ」

思わず流花の柔《やわ》らかい手を振り払う。流花はなだめるように微笑んだ。

「何も姫様を責めているわけではありません。ただ彼らは人懐《なつ》っこそうに見えても百戦錬《ひゃくせんれん》磨《ま》の戦士達。純真無垢《じゅんしんむく》な姫様のお心を騙《だま》すなど、赤子の手を捻《ひね》るよりも簡単なことです」

特に、と表情を険《けわ》しくさせて流花は顔を上げた。

「あのギオルシュとかいう男は絶対に油断できません。お気をつけ下さいませ」

「う、うん」

小麗の脳裏《のうり》に、ギオルシュの穏やかで優しい笑顔が浮かぶ。

ジンはともかく、ギオルシュに関しては何も文句はなかった。彼はいつも物腰柔らかで紳士的であり、小麗がどんなに鈍《どん》臭い失敗を繰り返しても根気強く付き合ってくれる。

(流花はギオルシュが嫌いなのかも)

正直、何をどう気をつければいいのか分からないが、とりあえず頷いてみせた。

ここで流花に見捨てられてしまっては、復讐など到底不可能だ。すぐまわりに流されてしまう情けない自分を叱《しか》りながら、小麗は両方の拳を握り締めて気合いを入れ直す。

その様子を見て、流花はやっといつもの優しい顔を向けてくれた。

「まぁ、無理はありませんよね」

「？」

「こちらへ嫁いでから、姫様はずっとジン王の集落におられるのですから。メンギルの気質に染められるのも当たり前というもの。どうですか、たまには気分を変えて遠出をしてみては？　馬はお好きでしょう」

「う、うん」

言われてみれば、確かに今まで一度もジンの集落を出たことがない。紫金国からメンギルまでの道のりも、小さな窓がひとつしかない婚礼用の輿《こし》に乗ってやって来た。その時もどこまで行っても変わらない草原の景色にすぐに飽きて窓を閉めてしまったのだった。

(気分転換に、ちょっと行ってみようかな)

ギオルシュから教えてもらった乗馬の腕も試してみたい。そう思い立つと急にわくわくしてきて、小麗は元気に頷いた。

見上げれば見事な晴天であり、遠出をするには絶好の気候である。

「やっと笑顔になられましたね、姫様」

流花は嬉しそうにそう言うと、手際よく二人分の馬を引き連れて来てくれた。メンギルでは女性も、男性と同じような動き易《やす》い衣《ころも》が普通である。足をどれだけでも高く自由に上げられるその服装を、小麗は密かに気に入っていた。

(紫金国の衣装は美しいけれど、重くて何もできないもの)

いいや、何もする必要がなかったというべきか。そんなことを考えながら、小麗は思うまに足を高く蹴《け》り上げて馬上の人となる。乗馬に慣れるまでは、不安定な足元と目線が高すぎることが恐ろしかった。けれども今は、その両方が心地よい。

「姫様がこうして乗馬される日が来るなんて、思いも寄りませんでした」

隣では流花が、上手に手綱をさばきながら笑いかけている。

「流花こそ、馬に乗れるなんて全然知らなかったわ。ギオルシュに教えてもらったわけでもないでしょう?」

不思議に思っていると、流花は何でもないことのように肩をすくめた。

「女官の試験で乗馬は必須でしたので。他に料理や武術もあるのですよ」

「そうなの!?」

ということは自分なんかよりもずっと偉いではないか。紫金国にいたときに自分に仕えていた、三百人を越える女官達を思い出しながら、小麗は改めて自分が恥《は》ずかしくなった。

「さて、姫様。とっておきの場所へご案内致しますので、ついてきて下さいね」

「とっておきの場所って？」

流花は応えることなく、にっこりと微笑みながら馬の鼻先を変えた。そして草原に向かって馬を走らせる。小麗も慌《あわ》ててその後についていった。

たちまちジンの集落は見えなくなり、あとには延々《えんえん》と続く草原ばかりになる。馬を走らせながら深呼吸すると、胸いっぱいに緑の爽《さわ》やかな香りが満ちてきた。風を切って草原を走るのが、これほど素晴らしいとは思いも寄らなかった。

(輿の中では退屈だった景色も、嘘みたいに綺麗だわ)

見上げれば蒼天《そうてん》に薄い雲がたなびいており、太陽の暖かい光が視界に映るすべての景色を輝かせている。それは、人生で一度も経験したことのない爽快感《そうかいかん》だった。しかし。

「……」

果てしなく続く草原に小麗はたちまちどこを走っているのか分からなくなる。

道を探そうにも、目印にするものが何もないのだ。前を行く流花は迷わずに一方向へ進んでいるみたいだが、果たして本当に大丈夫なのだろうか。

やがて不安になった頃、先頭を走っていた流花が手綱を引いて馬を止めた。

「着きましたよ、姫様」

「ここ？」

見渡す限りでは、何の変哲《へんてつ》もない草原の続きである。しかし流花は素早く馬から降りると、手を伸ばして小麗が降りるのを手伝う。

「流花はどうして迷ったりせずに目的地に着けたの？　私なんて途中から四方すべてが同じ景色に見えてきたのに」

「太陽の方向を見れば、大体分かります。それにこの先には見逃すはずのない大きな目印がありますから」

それぞれの主を下ろした馬達は、ゆったりと足元の草をはみ始めた。メンギルの馬達はとても賢い。手綱をどこかへ括《くく》りつけたりしなくても、勝手にどこかへ行ってしまうことがないのだ。

「この丘を登った先です。姫様、きっと驚かれますよ？」

流花が眼前の小高い丘を指差している。最初は平坦に見えた草原だが、実際に馬を走らせるとなだらかに隆起した場所がいくつもあるのが分かった。流花が示したのは、その中でも特に高い丘である。

（驚《おどろ》くって一体、何かしら）

流花に手を引かれながらその丘へと登る。視界が一気に開け、小麗はあっと息を飲んだ。

「これって……！」

伸びやかに広がる草原を真っ二つに割るように、人工の壁がどこまでも続いている。

それは万魂の壁だった。

紫金国が蛮族《ばんぞく》の侵略を恐れて造らせた巨大な城壁である。自然の力は偉大だが、人間の力も負けていないと思わせるような、実に見事な建造物だった。

「すごい！　流花ったら、いつの間にこんな素敵な場所を見つけたの？」

「偶然ですよ」

ここから、と流花はほっそりとした指で南を指さした。

「万魂の壁の向こうは紫金国です。時々、私は一人でここに来ていました」

「……流花」

愛《いと》しげに万魂の壁を見つめる流花の横顔を見て、小麗の胸にかすかな痛みが走る。失念していた。祖国を離れて不安なのは、自分だけでないのだ。

頼りない主人に文句も言わず、ずっと応援してくれている従者に対して、小麗は申し訳ない気持ちでいっぱいになってしまった。

「ごめんね流花。私、もっと頑張るよ。頑張るからね」

唇を噛みしめて、流花の手を取る。

「姫様……」

胸を打たれたような顔で、流花はこちらを見上げた。その瞳に光るものが浮かんでいる。

「姫様、お願いですからそのようなことを仰らないで下さい。一番お辛いのは姫様で御座いましょう。どうか姫様は、これからもご自分のためだけに行動されたら良いのです。私のことまで気を遣《つか》われると……」

いたたまれないという表情で、流花はそっと目を逸《そ》らす。

「胸が、痛う御座います」

「流花……」

なんと良くできた従者だろう。流花と出会えたことを、小麗は改めて感謝していた。

その時。

「貴様が紫金国の至宝、小麗だな」

聞いたことのない、鋭い男性の声が響く。

驚いて振り返ると、馬一頭分もないほど間近に迫ったところで、矢を構えた男が立っている。

「！」

まったく気配を感じなかった。

ジンとさほど変わらないだろう若い男は、満足げに唇の端をつり上げている。男は北の蛮族には違いないだろうが、メンギル族とは微妙《びみょう》に異なる格好をしていた。右肩や腰《こし》には動物の毛皮を直接まとい、長剣の代わりに弓矢と短刀を所持している。

(何者かは全然分からないけど)

皇女としてみっともない姿だけはさらせないと、震える手を必死に隠しながら、小麗は精一杯の声で問い返す。

「いかにも、私は小麗。分かっているならまず無礼を詫《わ》び、名を名乗りなさい」

気丈に言い放つと、男は「ほぉ」と見下すように方眉《かたまゆ》を上げて見せた。そして、矢尻を小麗の首筋に当てたまま、おもむろに口を開く。

「俺はタタール族の王子ジャムカ。我が父の命令で、小麗姫を奪《うば》いに来た」

まったく予期していなかった言葉に、小麗は息を飲む。わけが分からない。てっきり物取りの類かと思っていたのだが、相手は一国の王子だという。しかも〝タタール〟という響きを最近どこかで聞いた覚えがあった。

(いつ聞いたんだっけ?)

焦る小麗のすぐ横を、流花の落ち着いた声が通り過ぎる。

「タタールと言えば北の草原を二分する、メンギルと互角《ごかく》の最強部族ですね」

最強、という言葉にジャムカと名乗った若者は気を良くしたようだった。

「メンギルと互角だと言ったな、気に入った。俺は紫金国人の特技であるお世辞《せじ》が何よりも嫌いだ。我らタタールのことをメンギルよりも強いと言えば、この矢を放ってやるつもりだったぞ?」

弓をきりきりと引き絞りながら、ジャムカはにやりと笑う。流花は動揺することなく、真っ直ぐに顔を上げていた。

「お褒めに与《あずか》り光栄です。しかしここでわたくし達を射殺《いころ》すことが、貴方様の目的ではないはず。どうか、その矢をお納め下さい」

いいながらさりげなく、小麗の前に移動して背中で庇《かば》う体勢になってくれる。

その背中越しには、丘の下で数十人もの戦装束《いくさしょうぞく》の屈強《くっきょう》な男達が待機しているのが見えた。

「……いいだろう。大人しくついてこい」

ジャムカはふいに矢を戻すと、背後の味方に手で合図を送る。

「姫様、ここは大人しく従いましょう」

動けないでいる小麗の背中をそっと押しながら、流花は耳元で的確な判断を下してくれた。確かに、そうする以外に道はなさそうだった。

「……まずいな」

誰もいない草原に寝転びながら、ジンはひとりごちた。側ではジンの馬が、我関せずとばかりにのんびりと草をはんでいる。

事態は、ジンにとって望ましくない方向へと進んでいた。小麗のことである。

最初はただ外見が可愛いだけの少女という認識しかなかった。もちろん嫌いではないが、視界から消えた途端にその存在を忘れ、他のことに集中できていたのだ。しかし。

世間知らずで箱入りの姫――そのくせ好奇心は人一倍旺盛《おうせい》で、新しいことを教えてやるとすぐに瞳を輝かせる。が、同時に無理にしかめっ面をしてみせる天邪鬼《あまのじゃく》な小麗。

その反応が面白くて毎日からかっているうちに、どんどん惹《ひ》かれていく自分の心に気がついた。いや、惹かれているのは心だけではない。あの細くて滑《なめ》らかな身体に対しても、日毎に愛しさが募っていく。

(最近の俺、いつも小麗のこと考えてないか)

いつしか自分の中で「小麗を自分だけのものにしたい」という独占欲《どくせんよく》が芽生《めば》えつつあって、それはジンの大切な〝自由〟を脅《おびや》かす事態だった。ジンにとって相手を独占することは、自分もまた縛られるのを許すということである。簡単には触れさせない心の領域を互いに預け合うことこそが信頼の証《あかし》であり、彼の愛の形だった。しかし。

ジンには守るべき仲間がいて、捨てられない夢《ゆめ》がある。それをたったひとつの愛によって乱されたくはなかった。それに相手は、同盟の証にと紫金国から降嫁してきた第一皇女である。何か裏があることも含めて、いつでも切り離せる間柄でいるべきなのだ。

しかしそんな願いに逆らうように、小麗の存在が自分の中で大きくなっていく。

（ふん。色恋沙汰《いろこいざた》に溺《おぼ》れるなんて、俺らしくもない）

彼女の反応が面白すぎてついつい夢中になってしまったが、やはりここは己《おのれ》を律してはっきりと距離を置くべきだ。

自分の中でそう結論づけると、ジンは勢いよく立ち上がった。その時である。

「ジン王様！」

振り返ると、血相を変えたテムルが馬から飛び降りるところだった。

「タ、タタールが……タタールのジャムカ王子から使者がきました！　小麗様を攫《さら》ったと」

「何だと」

「大事な妃《きさき》が無残に傷つけられる前に、奪い返しにこいと言っています」

部下の報告に、ジンは眉根を寄せる。正直、タタールが動くことはある程度は予期していたし、その可能性について今朝もギオルシュとも話し合ったばかりである。

しかし、こうも簡単に誘拐されるとは思ってもみなかった。一応、用心はしていたつもりだ。タタールの状況は常に把握《はあく》していたし、小麗が勝手にメンギルの領土を越えるとも思えない。

（誰かが故意に、両者を近づけたのか？）

となれば、いよいよ黒幕が動き出したということだ。このままタタールの動向を見守れば、より流れは明確になっていくだろう。けれど。

「……」

小麗、とジンは心の中でつぶやく。風に散る可憐《かれん》な花びらのように、小麗の色々な顔が、仕草が浮かんでは、ジンの心を締めつける。彼女がいない世界は、なぜか急に色あせて見えた。動向を見守るということは、小麗を見捨てるということだ。

小麗を攫ったタタールの狙いや同盟への影響など、考えるべきことはいくらでもあった。それなのに、ジンの頭の中は小麗の拗《す》ねた横顔や紅に染まった白い肌でいっぱいになる。

複雑なため息をつきながら、ジンはもう一度つぶやいた。

「まずいな」

小麗は後ろ手に両手首を縛られ、まるで獲物《えもの》のような扱いでジャムカの馬に乗せられる。

流花に到ってはさらにひどく、両手を前で括《くく》られたまま馬にも乗せてもらえず、部下の男達に紛《まぎ》れて強引に歩かされていた。

見ればジャムカ以外の男達はみな、馬を持たない歩兵である。

メンギルとは違い、王族と平民の身分差はかなり厳しい印象を受けた。

(どうしよう……誰にも言わずに出てきちゃったけど)

ジンは助けに来てくれるだろうか。

何気なくそう思ってから、小麗ははたと気がつく。復讐相手に助けを乞《こ》うなんて情けなさ過ぎる。何とか自力で逃げ出したかったが、どうすればよいのか皆目見当もつかない。

大体、なぜタタールの王が自分を誘拐《ゆうかい》しなければいけないのか。一体、どうするつもりなのか。先ほど流花が言っていた太陽の位置から考えると、ジャムカ達はメンギルの集落とは逆方向へと向かっている。より壁に近くなると、草原は途切れはじめ少しずつ森林も目立つようになってきた。

そこで小麗はやっと、いつかの夜にジンがタタールのことを教えてくれたのを思い出す。

メンギル族が『草原の民』と呼ばれているように、タタール族は『森の民』と呼ばれており、放牧よりも狩猟《しゅりょう》が中心の生活をしているというのだ。

北の蛮族をすべて同じだと思っていた小麗には意外なことだったので、印象に残っていた。

（森の民ってことは、森の中に連れて行かれるのかしら）

しかし、予想に反して小麗が連れて来られたのは、ジン達の集落とさほど変わらぬ包《パオ》の集まりだった。まわりには森もなく、四方すべてが草原に囲まれている。

こちらをそっと盗み見する集落の老人や子供、女達の顔は一様に暗く沈《しず》んでおり、全体的に貧《まず》しそうな雰囲気が漂っていた。その中で王の包《パオ》だけがやけに仰々《ぎょうぎょう》しい。

ジャムカはその王の包《パオ》へと、小麗を連れて入っていった。

「そこでしばらく大人しくしてな。すぐに戻る」

そう言い残すと、さっさとどこかへ行ってしまう。一人残された小麗は、後ろ手に縛《しば》られ倒れた体勢のまま、何とかして包の中を見渡した。王の包《パオ》だけあって、足元には豪奢《ごうしゃ》な毛皮が隙間なく敷かれ、天井からは色鮮やかな紗幕《しゃまく》が幾重《いくえ》にも垂れ下がっている。それでもその包は——無人であることも手伝ってか——どこか殺伐《さつばつ》とした印象は拭えなかった。

（私、なんで攫《さら》われたのかしら。これからどうなるの？）

静かな部屋で独りぼっちになると、一気に不安が押し寄せてくる。流花は無事だろうか。

小麗を連れ出してメンギルを離れたのは、流花の提案である。彼女がそのことで自らを責めているような気がして、小麗はいたたまれなくなった。流花は何も悪くない。復讐が上手くいかなくて迷っている自分に、懐かしい紫金国の姿を見せて慰《なぐさ》めようとしてくれただけだ。

(大体、ジンが悪いのよっ)

突然、小麗の頭の中にジンの脳天気な笑顔がひらめいた。そうだ、悪いのは全部あの男。メンギルから離れた場所が危険なら、最初からちゃんと教えてくれたら良かったのに。

馬に乗ってどこにでも行けるような感じだったから、つい遠出してしまったからこうなってしまったのではないか。

「今度あったら絶対に文句言ってやるんだから」

そうつぶやいてから、はたと気がついた。もしジンが助けに来てくれなかったら、ほぼ間違いなく、自分は捕らえられたままだろう。

「……ということは」

ジンとは二度と会えない、という想いが一番に浮かんだ。そして次に、彼のいるメンギルの風景を懐かしく思い出し、そこに帰りたいと願ってしまった。攫われた不安や恐怖よりも先に、である。

(なんてこと)

そんな自分に小麗は愕然《がくぜん》とする。

本当に何ということだろう。ジンは憎《にく》むべき復讐相手であり、自分が帰る場所は紫金国である。それにもう一度会いたいと願うのは、青海ただ一人でなくてはならないはずだ。自分はなんてバカなんだろう。流花に言われたとおり、親切そうな顔をしたジンやメンギルの民に騙されて、知らず知らずのうちに好意を持ってしまっている。

(ジンは青海を殺した相手なのに。私ってホント最低だ……)

そんな自分が信じられなかったし、認めたくなかった。懐《なつ》いてはいけない。自分は、ジンのあの屈託《くったく》のない笑顔に騙されているだけ——。

「そうよ。あんな男に助けられるぐらいなら、ここで死んだ方がずっとマシなんだわ」

決意を改めるために、声に出してつぶやいてみる。しかし。

何度そう自分に言い聞かせても、聞き分けのない心はいつまでもジンを呼んでいた。

助けて、と。

「待たせたな」

ふいに背後で声がして、小麗はびくりと肩を震わせる。ジャムカだった。

「こっちへ来い」

「ヤ……！　何するのっ」

乱暴に腕を摑まれて引きずられる。恐怖と痛みから思わず声を上げてしまったが、ジャムカは何も気にすることなく、後ろ手に縛られた小麗の両手を天井からつり下げられた綱に結わえた。

まるで狩りで得た獲物を扱うようである。小麗は、やっと膝《ひざ》を折れるほどの高さに括《くく》りつけられてしまった。少しでも前のめりになると、手首が激しい痛みを訴《うった》えてくる。

「流花はどこ？　無事なの？」

それでも小麗は、気丈に振る舞おうと顔を上げた。頼りだった流花と引き離され、そうでもしないと泣き出してしまいそうだった。

「私や流花に指一本でもふれたら、タダでは済まないんだからっ」

涙目で睨みつけると、ジャムカはわざとらしく肩をすくめる。

「これはこれは、ずいぶんと生意気な姫様だ。自分の立場を分かってんのか？」

小麗の正面に胡座をかいて面白そうに見上げている。年齢はジンと同じぐらいで、切れ長の瞳に整った顔立ちをしていた。見ようによっては美形の部類に入るのだろうが、どこか底意地の悪そうなジャムカの顔は、小麗に凶悪なは虫類を彷彿《ほうふつ》させた。

「目的は何なのよ。お金なら」

いくらでもと言おうとした小麗を遮《さえぎ》るように、ジャムカは馬鹿にしたように首を振った。

「目的はあんたを殺すことだよ。そして、その遺体を紫金国へ放り込む」

「!?」

あまりのことに耳を疑《うたが》う。今、この男はなんと言った?

「にしても、ただ殺すには惜《お》しい。噂どおり、あんたかなりの別嬪《べっぴん》だし。それに宿敵ジンの嫁を寝取れるとなりゃ、面白すぎて簡単に殺すわけにはいかねぇだろ」

まるで天気の話でもするように、次々と恐ろしい言葉が飛び出してくる。

つまりこの男は自分を犯したあとに殺害し、さらに紫金国へ死体を捨てるというのか。

小麗の心を耐えがたい恐怖が襲う。全身は硬直し、声も出ない。

しかしジャムカは何でもない様子で「なのに、つまんねぇ」と軽く舌打ちをした。

「本当は今すぐにでも、あんたをめちゃくちゃにしてやりたいのに」

「!」

「タタールの王である父上が『自分がまずはじめに紫金国の至宝を犯してやる』と息巻いておられてな、それまで誰も手を出すなと厳しく言いつけられてんだ」

心底残念そうに、ジャムカは首を振った。

何という屈辱《くつじょく》だろう。まるで獲物をいたぶる鼬鼠《いたち》のようである。自分は今、ひとりの女性として、いや人間としても扱われていないのだ。

（タタール王はどこにいるの？）

小麗が今、最も恐れるのは死ぬことよりも王に抱かれてしまうことだった。縛り上げられたまま必死に探すが、今のところジャムカ以外誰も見あたらない。

「安心しろ。ここは王専用の包だが、今は俺以外は誰もいない。お前が恐れるタタール王は、妃と共に出かけていてあと二、三日は戻らない」

ジャムカの目が細められ、いよいよ蛇《へび》のように見えてくる。

「肝心《かんじん》の王は、俺の母である第一妃から怒りを買うのが怖くてな。母上に隙《すき》ができるのを待っている」

まったく情けない話だぜ、と手元にある槍《やり》をいじりながら鼻で笑っている。

もちろん、小麗にはまったく笑えない話である。二、三日はこのままの状態で済むようだが、依然として自分の命が風前の灯火《ともしび》であることに違いはない。

（どうしよう……誰か助けてっ。流花！　こ、この際ジンでもいいからっ）

あまりの恐怖に縛された手首を闇雲《やみくも》に引っ張ってみるが、当然外れることはなく激痛だけが身体を駆け巡る。そんな小麗の様子に頓着《とんちゃく》することなく、ジャムカはぼんやりと天井を見上げている。そして。

「あ、そっか」

名案でも思いついたようにジャムカは小麗へ視線を向けた。

「!?」

とてつもなく嫌な予感がして、小麗の背中に寒気が走る。

「……要するに触らなきゃいいんだよな。あんたの顔は可愛いし、その身体も悪くなさそうだ。せめてじっくり鑑賞《かんしょう》させて頂くか」

「嫌っ」

殺す、と言われてからずっと恐怖で張り付いていた声がやっと出たが、それは悲鳴でしかなかった。自分でも信じがたいほどの嫌悪感が、小麗の身体に駆け巡る。

(やめて！　ヤだ、絶対に嫌よっ)

青海以外の男に裸体をさらす——それは、彼の死と共に自分の心を失った小麗にとって乗り越えられるはずの事だった。何をされても野犬にでも噛《か》まれたと思ってやり過ごせばいい。それが復讐に生きる自分に相応しいと思った。

青海を失った以上の深い傷など、どうせ奴らにつけられるはずもない。

だからこそ、ジンに身を任せた夜も小麗は耐えきったのだと信じていた。それなのに。

(！)

ジンには一度も感じたことのなかった拒絶感《きょぜつかん》が嵐のように吹き荒れる。自分の意思ではどうにもできない激しさで、小麗はジャムカから逃げようともがいた。身体を反らせて両手足をばたつかせる。もはや手首の痛みなど感じていなかった。

「嫌ァ！　やめてっ」

お願いだから、と気も狂わんばかりに懇願《こんがん》してみるが、もちろん状況は変わらなかった。それでも小麗は諦《あきら》めることができない。もはやこの場から逃《のが》れること以外、何も考えられなくなっていた。

「悪いな姫様。俺は、女には泣き叫ばれた方が燃える質《たち》だ」

小麗との距離は両手を広げるほども開いている。ジャムカはそこに座ったままで、手にした槍の切っ先を小麗の胸元に当てた。

「!?」

「おっと、動くなよ」

そう言いながら、器用に刃《やいば》を使って小麗の衣を中央から切り裂く。恐怖で凍《こお》りついてしまった小麗の身体を鋭利《えいり》な刃物は音もなく滑り、両手を吊《つ》るされ膝をついた体勢では、それだけで前が自然とはだけて胸が露わになってしまった。

さらに裂かれる絹衣の、悲鳴のような音を聞きながら小麗は血が出るほど唇を噛んだ。

瞳を固く閉じて横を向くと、脳裏には同じ言葉が繰り返されている。嫌だ、もう耐えられない。嫌だ、絶対に嫌だ……！

「そんな顔すんなよ、バレるような傷はつけない。俺も親父《おやじ》は怖いからな」

ジャムカは槍を持ち替えて、今度は柄の部分を小麗の胸に押し当てる。

「へぇ。あんた顔も綺麗だけど、身体もけっこうイケてんじゃん」

突きつけられた棒は、肩にわずかに残った小麗の衣すら落としていく。もはや何も隠すものがなくなった今でも、小麗は覚悟を決めることはできなかった。震えながら閉じた瞳からは、絶え間なく涙がこぼれ落ちる。

槍の柄は、先が丸く削《けず》られているために痛みはないが、木製には変わりないのでゴリゴリと固くて不快だった。しかもその棒は小麗の全身を楽しむように、鎖骨《さこつ》や胸、腰や腹を縦横無尽に動き回り、やがて胸にだけ集中し始めた。

（……え……っ）

自分の中に熱く湧き上がる感覚を覚え、小麗は驚愕《きょうがく》する。棒をぐりぐりと押しつけられるだけという、到底愛撫《あいぶ》とは呼べない扱いにもかかわらず、小麗の中に甘やかな官能《かんのう》が呼び起こされていく。

（いや！　どうして!?）

信じられなかった。いつの間に自分の身体はこんなにも変貌《へんぼう》してしまったのだろう。原因として考えられるのは一人、絶対にジンの仕業に違いなかった。

（ジンの馬鹿、バカバカバカ！　あんたが毎晩変なことするからっ）

心に浮かぶ限りに悪態をついてみるが、当然どうすることもできない。怖さと恥ずかしさに震えながら、小麗は甘く疼《うず》く身体を何とか抑え込むために必死に身を固くした。

しかし、そのときである。

「！」

棒が、胸の先端を軽く擦《こす》った。小麗はたまらずせつない声を上げてしまう。それは小さな喘ぎだったが、ジャムカがその声を聞き漏らすはずがない。

「あれあれ？　虫も殺さぬ顔をしておいて、あんたずいぶんと仕込まれてんじゃねぇか。そっか、ジンのやつに毎晩可愛がられてんだろ」

これは面白くなってきやがった、とジャムカは身を起こすと、壁に飾られていた羽根飾りを引きちぎる。そして、槍の柄に巻きつけ始めた。

「普段なら、俺は女が気持ち良さそうにしているのが好きじゃねぇ。泣き叫んでいるのを強引に抱くのが趣味なんだが」

柄の先にはたくさんの羽根がふわりと揺れている。彼はそれを満足そうに小麗に見せた。

「あんたは別だ。俺に恍惚《こうこつ》の顔をみせてくれ」

「!?」

一体、何をするつもりなのだろう。

しかし彼が何を思いついたにせよ、小麗にとっては恐怖と嫌悪の対象でしかない。差し出された羽根が、小麗の胸の谷間を撫《な》でた。それだけで身体中にえも言われぬ感覚が湧《わ》き立つ。思わず、引きつった喉《のど》から絞《しぼ》るような声が出た。

「どうだ、姫さん? 俺が優しく愛撫《あいぶ》するなんて有難いことなんだぜ? まぁ、別の女に言わせれば」

は虫類のようなジャムカの瞳。その冷たい輝きが、ひたすら恐ろしく不愉快だった。

「強引に突き上げられるよりも、こっちの方が苦しいらしいがな」

「嫌ぁっ……!」

その言葉は正しい。今まで経験したことのない気持ちの悪い皮膚《ひふ》感覚に、大袈裟《おおげさ》ではなく本当に頭がおかしくなりそうだ。小麗は自分の意思とは関係なく、びくりと身体を強ばらせたかと思うと、ふにゃりと全身を弛緩《しかん》させた。それを何度も繰り返しながら、絶え間なく喘《あえ》ぎ続け、徐々に息を乱していく。

「可哀想に、こんなにも感じちゃってな。俺がぶっ込んでやれば、気持ち良く終わらせることもできるってのに。お互い、辛《つら》いよなぁ」

　同情するようなジャムカの言葉に、小麗はカッと頭に血が上る。無理矢理に弄ばれる官能の不快さの中で、今まで抑えていた自分が引きずり出されるのが分かった。

　それは小麗が知らないもう一人の自分。何も知らなかった幼い少女ではなく、自らの艶《つや》やかで強い意思で以て官能を享受《きょうじゅ》できる大人の貌《かお》だった。彼女はジャムカに向かって「違う」と叫ぶ。

　あんたなんかに、私を気持ち良くさせられるはずがない。できるのはジンだけだ。ジンさえいれば、この暴れ回る快楽を優しく導き、やがて深い眠りに堕ちるまで、何度でも天空へと連れて行ってくれるのに。

（！　やだ、私ったら何を……っ）

　頭の中がグシャグシャになっていた。瞳が潤《うる》んで世界を不安定に歪《ゆが》ませ、もう自分が何を考えているのかさえ曖昧《あいまい》になっていく。確かにそれは、耐えがたい拷問《ごうもん》だった。

「くくく。紫金国の人間とはつくづく不可解な人種だぜ」

　乱れていく小麗を、冷めた視線でじっくりと鑑賞しながらジャムカは口を開く。

「母上は今頃、王と共に万魂の壁を越えて紫金国へ買い物に出かけている。でもよ、おかしいと思わないか？　狩猟だけでは紫金国の紙幣《しへい》など手に入らない。じゃあ、どうして母上は買い物ができると思う?」

　答えられる状態ではないのを知って、彼はわざと訊《たず》ねている。

「暗殺だよ。それで現金を稼《かせ》いでんだ。紫金国の奴らはみな、自分で手を汚《けが》すのがお嫌いでなぁ。金をもらって代わりに殺ってやるのさ。これがまた儲《もう》かるんだよ、馬鹿みたいに」

「……!」

　混濁《こんだく》する意識の中においても、それは聞き逃すことのできない話だった。

「紫金国の人間を殺した金で、母上は紫金国で一番上等な絹《きぬ》を買う。くくく、何ともおかしな話だよなぁ」

「暗殺って……誰を?」

　小麗は荒い息を整えながら、持てる限りの理性を振り絞《しぼ》って尋ねる。

「そんなの数え切れないさ。あ、でも」

　彼の薄い唇が不敵に歪《ゆが》んだ。そして、ゆっくりと羽根を動かしていた手を止める。小麗の耳に、きちんと声が届くように。

「姫さんの知り合いってんなら、青海《チンハイ》だな。あんたの許嫁《いいなずけ》だったっていう、あの優男《やさおとこ》」

「!?」

　青海という名を聞いて、血の気が一気に引いていくのが分かった。突きつけられた事実の強烈さに、小麗は羽根の拷問から解放されたことにも気付かない。ただ大きく瞳を開いて、ジャムカの顔を愕然《がくぜん》として見つめていた。

彼は残忍《ざんにん》な喜びの表情を浮かべながら「そうだよ」と刻《きざ》みつけるようにゆっくりと頷く。

「俺が殺したんだ。あいつ、情けねぇぐらいに泣きじゃくってさぁ鼻水まで出して命乞《いのちご》いだぜ？　だっせーの」

鼻で笑う彼から、小麗は呆然と目を逸らして考え込んだ。

この男が青海を？　では、復讐相手はジンではないということか。

(いいえ、そんなはずないわ。だって)

許嫁を殺した仇へと嫁がせると決めたのは、小麗が誰よりも信じている兄上である。それにジンだって、自分が仇であることを一度も否定しなかったではないか。

ということは、このジャムカという男が嘘をついている？　しかし何のために？

分からない。龍飛《ロンフェイ》にもっと詳しく確認していれば良かった。壁の向こうの蛮族はみな同じだと信じていた自分の愚《おろ》かさに、小麗は深く後悔《こうかい》する。

ふと、その胸に思いついたことがあった。

「……まさか、私を殺すのも仕事ってこと？」

「当然だろ。俺達はこう見えても優しく礼儀正しいんだぜ？　利益にならない殺傷《さっしょう》など絶対にしない、紫金国と違ってな」

「！」

何ということだろう。紫金国の中に、自分を殺したいと願う人間がいる。

「すっかり興が醒めたって顔だな。許嫁を殺した奴の前でもっと乱れて悦《よろこ》んでくれよ」

羽根が再び身体中を這《は》い回り始め、小麗は絶望に目を閉じた。たっぷりと時間をかけた執拗《しつよう》ないたずらに、自分がバラバラになっていくような気がした。心は冷え切っているのに、身体は無様にうち震える。そして頭は混乱したまま、再び思考する力を失うのだ。

(ひどい……こんなことって……)

もう耐えられない。恥辱《ちじょく》にまみれて発狂《はっきょう》してしまう前に、せめて自分の舌《した》をかみ切ろうと決意したとのとき——ふいに羽根が止まった。

「ジャムカ様、獲物《えもの》が現れましたぞ」

包《パオ》の外で男性の声がする。ジャムカにとって、それは待ちわびていた報せらしい。あっさりと槍《やり》を放り投げ、躊躇《ためら》いなく小麗に向かって近づいてくる。

「いや、何!?」

行動が読めない不気味さに、恐怖心が湧《わ》き上がった。これ以上何をしようというのか、それともいよいよ殺されてしまうのか。

（……え？）

しかしすべての想像に反して、彼はさっさと小麗の縄《なわ》を解《ほど》くと、手近にあった毛布を乱雑に掛ける。そして毛布越しに背後から抱きしめると、小麗の耳元でささやいた。

「あんたの誘拐《ゆうかい》と殺害は、我が王が紫金国から受けた依頼だが……それとは別に、父上には内緒の遊びをもうひとつ、最後まで一緒に楽しもうぜ？」

「な、何？」

「ジンだよ。父上は敵《かな》わない相手だから関わるなと言ったが、俺はそんなの認めない。あんたを囮《おとり》にして、あいつの息の根を止めてやるのさ。ジンには使いを出しておいた。まさかこんなに早く駆けつけるとは思わなかったが」

舌舐めずりするようなジャムカの言葉がねっとりと耳に絡みつく。その不快感に身を反らせながら、小麗は掛けられた毛布を胸元へと引き寄せた。

（ジンが来てるってこと？　本当に？）

にわかには信じられなかった。確かに一度は助けて欲しいとは願ったが、よく考えればジンにとって自分は奪い返すに足らぬ厄介《やっかい》な存在でしかないはずだ。暗殺に失敗したあと、彼の気まぐれなのか優しさなのか、ずいぶんと大目に見てくれた。しかし今度は誘拐だ。そのまま目を瞑《つむ》ってさえいれば、ジンの命を狙《ねら》う者がひとり消えるというだけなのに。

(それをわざわざ……)

ありえない。それともジンにはジンで、小麗をどうしても取り返さなくてはならないわけでもあるのだろうか。同盟のことやタタールとの関係など、自分には到底計り知れない事情があるのかもしれない。けれど。

(どんな理由だったとしても、ジンが私を救いに来てくれた)

今はその事実だけで十分だった。小麗の胸がふいに熱くなる。

(というか！　ジンにはもう一度会って、色々文句を言わなくちゃいけないんだからっ)

青海殺害についても、ジャムカの話が本当ならジンは嘘をついていたことになる。それにメンギルから離れると危険なんだということも教えてくれなかった。さらに自分でも気付かないうちに、小麗の身体を敏感《びんかん》な体質に変えてしまった。全部、ジンのせいである。

小麗は先ほどの「救いに来てくれた」という一瞬の感謝も忘れて、たちまち不機嫌に眉《まゆ》根《ね》を寄せる。それでも心の中の嬉しさまでは隠せなかった。しかし。

その喜びもジャムカに包の外へ連れ出されたとき、あっけなく霧《む》散《さん》してしまう。

「何これ!?」

兎に角、ものすごい数の兵士だった。

包のまわりにも、真夜中の闇《やみ》に紛《まぎ》れて屈強《くつきよう》な男達が地面を覆うほどにうずくまっていた。

黒い衣をまとい、顔まで黒く染めてよほど近くに寄らないと発見できないようにしてある。

「他部族や傭兵《ようへい》も雇《やと》ったからな。あいつが把握《はあく》しているタタール兵の三倍はいるさ」

逃げられないように手を後ろに括られたまま、小麗はジャムカの説明を聞いた。

「今のメンギルがどれほど強かろうと、所詮《しょせん》数には勝てないだろう。どんな手を使ってもいい。最強の名をほしいままにしている奴さえ倒せば、俺はそれだけで草原を統一できる」

ジャムカは小麗を囮にして、向かってくるジンを倒すつもりなのだ。とすれば、メンギルが負ければ、目の前で彼の死を目撃することになる。

小麗は身を震わせた。嫌だ、そんなものは絶対に見たくない。

「……来るぞ」

ジャムカのつぶやきが聞こえる。

集落の終わりに連なるなだらかな丘。

そこに、月の光を受けて一頭の馬が現れた。一陣の風のような凛《りん》とした姿。

長剣を片手に手綱を操るその人は――。

「ジン、罠よ！　逃げてっ」

小麗は反射的に叫んでいた。

丘の上のジンは聞こえているのかいないのか、ただ軽く手を上げる。耳元でジャムカの舌打ちが聞こえ、罰だとばかりに腕を捻《ひね》り上げられる。背中と肩に鋭い痛みが走り、小麗は思わず悲鳴を上げた。

「おしゃべりな姫さんだぜ、まったく」

呆れた声だが、どうやら本気で怒ってはいないらしい。恐らく、罠だと聞いて逃げ出すようなジンではないと知っているのだろう。ジャムカの思惑どおり、ジンは恐れることなく馬上からこちらへ向かって宣言する。

「『金狼』として、俺はここに約束する。今夜、タタール族を根絶やしにするとな」

小麗はジンから目を離せなかった。自信に満ちた精悍な顔、漆黒《しっこく》の髪に煌《きら》めく黄金色の瞳——復讐相手だと拒絶しては無意識に求め、騙《だま》されてはいけないと再び嫌いになろうと努めてきた。それを何度も繰り返し、もうどちらが自分の本心なのか分からなくなってきている。それでも今は、今だけははっきりと言える。

もう一度会えてよかったと——。

心が大きく波打つ。

青海を殺したのはジンである可能性も消えたわけではないし、これまで彼に好意を持った覚えもなかった。それなのに。

何かが、小麗のなかで変わろうとしていた。しかし。

（違う……！）

溢れてくる感情の流れに逆らうように、小麗は必死に首を振る。

（たとえ誰が青海を殺したにせよ、ジンは壁の向こうの野蛮な民であることに違いないのよ？　所詮《しょせん》、私とは別の世界の人間……ジンもジャムカも、紫金国にとっては同じ蛮族でしかないんだからっ）

幼い頃から頭にたたき込まれてきた知識で、湧き上がる感情を何とか押さえ込む。そうすることでしか、小麗には彼の存在を遠ざけることができなかった。

そんな小麗の複雑な葛藤《かっとう》を知ってか知らずか、ジンはただひたすらにこちらへと向かってくる。ジンの隣にはギオルシュがぴったりとついていた。

その後ろには同じく馬に乗った部下達が百名ほど控《ひか》えているが、ジャムカの軍勢は歩兵も含め三百を超えていて、数では圧倒的に足りない。

けれどメンギルの戦士達は誰一人恐れてはいなかった。

戦いはもちろん喧嘩《けんか》ですらまともに見たことのない小麗にも、メンギルの戦士達の放つ気迫や風格は十分に感じられる。

ジン王のためなら死ねる――ギオルシュの言葉が胸によみがえる。

確かにそれは、ジンに命を託《たく》している強さだった。どの顔にも恐れや迷いはなく、王のために戦える誇《ほこ》りに満ちあふれている。ジンと彼らの間には、紫金国ではあり得ない確固たる絆《きずな》があった。草原の王は威厳《いげん》に欠けるとケチをつけた自分を、小麗は心から恥《は》じる。

(ううん、本当はとっくに分かってた)

ただ認めたくなかっただけだ。紫金国で教えられたメンギルと、実際のそれとはまったく異なっているということを。彼らは決して蛮族などではなく、自然と共に逞《たくま》しく生きる立派な民族だった。小麗がそれを見て見ぬふりをして過ごしてきたのは、そうしなければ復讐なんでできなくなるからだ。けれどもうこれ以上、知らない振りを続ける自信がなかった。そして、知らぬ振りのできなくなっている事実がもうひとつ。

「……」

小麗はそっと胸に手を当て、赤く染まった顔を伏せる。

青海を失ってから、自分は復讐のために心も身体も捧《ささ》げようと決意していた。だからジンに何をされても耐《た》えられるのだと思い込んでいたのだ。だとすれば相手がジャムカになろうと、タタールの王になろうと関係がないはずだ。青海以外の男はみな同じなのだから。

しかし、ジャムカには肌を見られるのも槍で触れられるのも耐えられなかった。きっとタタールの王に抱かれる前に自ら命を絶っていたに違いない。

ではなぜ、ジンならば我慢《がまん》ができたのか。復讐の相手だと信じていたから？　それとも。

(それとも、何だっていうのよ……！)

たどり着きたくない方向に、どんどん流されていく自分の思考に戸惑い、わけもなく苛《いら》立《だ》つ。抗《あらが》えない気持ちの高ぶりに、小麗はひとり唇を噛んでいた。

真夜中の草原に、男達の怒号が響き渡る。

ジン達がいっせいに丘から駆け下りてきた。合わせるかのようにタタール軍の両翼が大きく開いて、メンギルを覆《おお》い尽《つ》くす。一瞬、姿がまったく見えなくなったメンギルだったが、内側から食い破るように反撃に出ている。ジン達は素早く突破口を作ると、小麗達のいる王の包を中心として半円の防御線を張り巡らせる。彼らに一糸の乱れもなかった。

半円の内側の敵は、ジンとギオルシュだけで請《う》け負っている。流花の言っていたとおり、彼ら二人はまさに鬼神の如《ごと》き強さであった。ジンとの距離がぐんと近くなって、小麗は思わず駆け寄りたくなる。しかし当然ながら、ジャムカの戒《いまし》めがそれを許しはしなかった。

「動くなよ」

余裕のない声でジャムカは小麗の首元に大振りの剣を押し当てる。きっと、いざというときの人質として使われるに違いない。

(どうしよう……)

自分のせいでジンが窮《きゅう》地《ち》に追い込まれるようなことがあってはならない。そうなったら迷わず命を絶とう、と決意しながら顔を伏せる。

「小麗っ」

ふいにジンの声で名を呼ばれた。小麗は思わず顔を上げる。

ジンはもう、すぐそこまで来ていた。小麗の中に燻《くすぶ》っていた様々な葛藤《かっとう》が、あっけないほど簡単に崩壊《ほうかい》していく。ちっぽけな矜持《きょうじ》や見栄などはすべて音を立てて崩《くず》れ去り、あとには心からの叫びだけが残された。

（ジン！）

声にならない強い想いで、小麗はジンの方へと真っ直ぐに指を伸ばす。もう一度、その胸に戻りたい。互《たが》いの視線が絡み合い、ジンはゆっくりと肯《うなず》き返してくれた。

「待ってろ、今行くっ」

彼は何を思ったのか、いきなり自分の馬の背中に立った。

「!?」

その突飛な行動に、小麗はおろかジャムカですら呆気《あっけ》にとられている。その隙《すき》をついてジンはそのまま高く飛び上がると、小麗達の上に降ってきた。

小麗は思わず瞳《ひとみ》をぎゅっと閉じる。

何馬鹿なことやってんの？　危《あぶ》ないじゃない本当にあり得ないっ、と何度も心の中で罵《ば》倒《とう》しながら。

「……？」

やがてそっと瞳《ひとみ》を開けると、事態は一転していた。

小麗は解放され、代わりにジャムカがジンに拘束《こうそく》されている。手にした長剣を首に当てたまま、ジンは今も防御線で戦い続ける兵達に呼びかけた。

「お前らの大将は討《う》ち取った。無駄な争いはやめて武器を引けっ」

敵軍の中に動揺が走る。判断に迷っている彼らに、ジンはさらに続けた。

「雇《やと》い主の首が飛べば、もらえる金ももらえなくなるぞ」

ジャムカの寄せ集めた兵の本質を見抜いている。その一言でタタール軍はあっけなく解散してしまった。悔《くや》しさで声も出ないジャムカを、駆け寄ってきた部下に預けて「引き続き拘束《こうそく》しろ」と指示を出している。

そしてジャムカを一瞥《いちべつ》すると、

「お前の親父とは、お互い争いを避け共存していく道を探っていたのに……これでタタールも終わりだ。いたずらが過ぎただけと許してやりたいが、それじゃあタタール王の面子《めんつ》も立たないだろう。理由はどうであれ、報復は必至だ。当然、我らはそれを望まぬ。不本意だが仕方ないな……タタールは本日を以てメンギルの傘下《さんか》に入る。いいな」

「……くそっ」

悔《くや》しげなジャムカを見る限りでは、ジンの言葉に相違《そうい》はないようだ。さらにジンは、残念そうにジャムカの頭を小突く。

「まったく、このバカ息子が。親父《おやじ》さんの気持ちも知らないで」

「うるせぇよ、俺に偉そうな口聞くんじゃねぇ。同い年のくせに」

「……歳は関係ないだろ。だからお前はガキなんだよ」

情けない、とジンは眉根を寄せている。傍から見ると彼らは敵同士というより、まるで仲の悪い兄弟のような印象を受けた。

戸惑う小麗をよそに、ジンはジャムカを連れて行くように部下に視線で合図している。

そして改めて、毛布を胸元で握り締めたまましゃがみ込んでいる小麗へと向き直った。

「無事か」

いつになく優しい声に、小麗は不覚にも泣きそうになる。それを悟《さと》られたくなくて、無言で頷きながら立ち上がると、突然ジンの両腕に包み込まれてしまった。

「！」

「良かった……もう二度と、会えないかと思ったぞ」

ジンの胸に頬を寄せると、力強い心臓《しんぞう》の音が聞こえる。いつものように「離して」と怒って見せたいのに、しっかりと抱きしめられたその手の温もりが懐《なつ》かしすぎて、小麗は何も言えなくなってしまう。

「お前の従者もギオルシュが助け出した。もう何も心配しなくていい」

今頃になってようやく「助かったんだ」という実感が湧《わ》いてきた。これまで得たことのない安心感に小麗の心は満たされ、張り詰めていた緊張がほぐれていく。

……しかし、それと同時にいつもの困った自分も元気に復活していた。小麗はジンの腕の中から、思いっきり不機嫌な顔を上げる。

「流花はギオルシュが嫌いなのにっ。なのになんでそんな人に助けに行かせるのよ。ホントにもう、その大雑把な性格、どうにかならないのかしら!?」

嬉しいのになぜか文句をつけてしまう。ぷっと頬を膨《ふく》らませた小麗に、

「相変わらずだな」

とジンは苦笑いを返す。怒ってはいないようだが、今度こそ自分を見限っただろうか。それとも呆《あき》れて腹も立たないのだろうか。小麗の胸にたちまち後悔《こうかい》が染み渡っていく。

気まずくなって視線を逸《そ》らせば、そこには不安そうにこちらを見ているタタールの民達がいた。

（そういえばジン、さっき金狼の名において約束するって言っていた。タタール族を根絶《ねだ》

やしにするって）

民の中には女性や老人、幼子までがいた。みな一様に心配そうな顔だ。

まさかジンは本当に彼らを根絶やしにするつもりなのだろうか。そんな金狼の約束なら、守らなくていい。

「ジン、どうするの？　あの人達……」

にわかに不安になってそう訊《たず》ねると、ジンは厳しい表情で言い放つ。

「言ったはずだ、タタール族は草原から姿を消す」

「そんな！」

今回のことは、ジャムカが一人で引き起こした争いではないか。それに民を巻き込むなんて許せない。

（やっぱり彼も蛮族《ばんぞく》なんだわ）

責めるような小麗もまったく動じない彼の横顔を憎々しく睨《にら》みつけながら、心の片隅《かたすみ》ではほっとする。これで彼を好きにならずに済むと思っていた。しかし。

タタールの民達に向かって、ジンは高らかに宣言する。

「今宵《こよい》を以《もっ》てタタールは失われた。お前達は自由に生きるがいい。しかしメンギル族へと入るならば、特に条件は問わぬ。草原の掟《おきて》に従い、タタール王を捨て俺を新たな王として認めるのだ。代わりに俺は今より豊かな生活と安全を約束しよう」

タタール族の民は互いに顔を見合わせる。そしてひとり、またひとりと包をたたみ荷物をまとめて、メンギルへの移動の準備を始めていくのだった。それを見ていた小麗が首をかしげる。

「これって……どういうこと？」

「草原の民には昔から掟《おきて》がある。自然の厳《きび》しいこの場所では、戦でたとえ敵だったとしても、敗者の民から援助を求められれば、その王は必ず彼らの生活を守ってやらなければならないんだ」

「そうなの？　じゃあわざわざタタール族を消さなくても、許してあげたらいいんじゃ」

不思議そうな小麗に、ジンは難しい顔で「そうもいかない」と首を振ってみせる。

「たとえ今回の発端《ほったん》がジャムカの遊びだったとしても、実際に戦は起こり勝敗は着いてしまった。負けたままではタタール王の面子《めんつ》が立たないし、報復は避けられない。今回の敗北に目を瞑るようなら、今度はタタールの兵達がついてこなくなるからな」

ジンの説明に、小麗は「ふーん」と小首をかしげる。よく分からないが、彼らにも色々と難しい事情があるようだ。小麗としては、タタールの罪なき民達が助かるという事実が確認できただけで十分である。

（そんなことよりも）

小麗は困ったように唇を尖らせて、ジンの横顔を睨みつけた。

これでジンを嫌いになる機会は、またもや失われてしまったのだった。

「お前達はタタールの民を誘導しながら、先に帰ってゆっくり休め」

ギオルシュを始め、その他の部下達に命令を下しながらジンは馬上の人となる。腕の中には、タタールの娘から借りた衣《ころも》に着替えた小麗がいた。

「了解しました。今からどこかへ行かれるのですか？」

ギオルシュが首をかしげる。それもそのはず、もう夜明けも近い時間である。

「ああ、ちょっとこいつを連れて寄り道をしたい」

腕の中の小麗を指差して、ジンが答えている。小麗は、自分も馬に乗れると言ってみたが「遅いから」と即却下されてしまった。だから仕方なくジンの胸に収まっている。

「どこへ行くの？」

「見せたいものがある。ここからそう遠くないから」

片手に小麗を抱き、もう一方で器用に手綱をさばきながら、ジンは夜の草原を走り出す。

確かに小麗が乗馬するときの倍は速かった。なのにほとんど身体は揺れず、力強く安定した走りで矢のように風を切っている。

遠くに見える月も、大きく傾いて森へと帰ろうとしていた。

「ジャムカに何もされなかったか」

馬を走らせながら、ふいにジンが聞いてくる。

「何もって……」

どうしてそんなことをわざわざ聞くのだろう。大体、助け出されたときに毛布一枚でいたのだ。何もなかったわけがない。小麗は意地悪な気持ちで横を向いた。

「されたわよ、色々」

「……抱かれたのか」

それは、彼らしくない弱々しい声だった。不審に思って見上げると、ジンのしなやかな頤《おとがい》だけが見える。年齢よりも迫力のある強い瞳と鍛《きた》え抜かれた身体を持つ彼だが、そこだけは年相応の少年らしい繊細《せんさい》さが感じられた。

それに心なしか、少し不安そうにも見える。

(ひょっとして、心配しているの?)

そう思うと何だか急にその頤が愛しくなってしまい、小麗はひとり胸を高鳴らせた。その沈黙《ちんもく》を誤解した様子で、ジンが再び焦ったように口を開く。

「いや、別に俺は気にしないから。だから、正直に言っていいぞ？」

「抱かれてない、と思う」

気にしなさいよ、と内心で悪態をつきながら、小麗は小さな声で答える。明らかにジンが安堵《あんど》するのは分かった。

（私、抱かれてはいないわよね？）

色々と信じられない体験はしたけど、痛くもなかったし血も出ていない。流花の言葉を思い出しながら、小麗はひとり再確認してみる。一方、ジンは早くもいつもの彼に戻っていて、満足そうに頷いていた。

「じゃあいい。良かったな、小麗」

「よくないわよ！」

思わず大きな声で言い返す。

「私、すごく……っ」

怖かったんだから、と涙声で続ける。ジンは慌てたように腕の中の小麗をのぞき込んだ。

「泣くなってば。終わっただろう、全部」

その言葉にこくりと肯きながらも、一度あふれ出した涙はなかなか止まらない。しかし小麗には分かっていた。ジャムカに囚《とら》われていたときは、心が凍《こお》りついてしまったようでただひたすら恐ろしく、流す涙も冷え切っていた。しかし今は、その氷が融けるように温かい涙となってこぼれ落ちている。安堵感からくる涙は、焦《あせ》るジンをよそになかなか止まらなかった。しかしそれも、ジンが馬を止めて指し示した景色を見て一転する。

「わぁ、素敵！」

小麗は涙を溜めたまま大きく目を見開き、歓声を上げていた。

目の前には、一面に野花が広がっていた。朝焼けを迎える直前の紫紺《しこん》に染められた空の下で、色とりどりの小さな花達が所狭しと咲き誇《ほこ》っている。

「草原の春は短い。だからここの花は、種類を問わずいっせいに咲くんだ」

大きく隆起《りゅうき》した緑の丘に馬を寄せて降りてみると、花々に囲まれるように小さな湖があるのが確認できた。その近くに、二人は寄り添いながらそっと座った。

「本当に素敵なところ」

うっとりとしながら何気なしに「流花にも見せてあげなくちゃ」と思う。そこで大切なことに気がついた。復讐のことである。小麗の頭の中では、流花と復讐は強く関連づけられているのだった。

「ジン！」

「な、何だ。急に……」

いつもとは違う様子の小麗に、彼は眉《まゆ》を寄せている。

「あのジャムカって人から聞いたわ。青海を殺したのは自分だって」

本当なの、と詰め寄る小麗に、ジンはあっさりと白状《はくじょう》する。

「あー、ばれたか」

「ばれたかじゃないわよ。どうして!?」

ジンは呑気《のんき》な顔で、その時のことを思い出すように空を仰《あお》ぐ。

その時というのが初夜のことだと思い至って、小麗はひとり赤面した。

「だってなぁ。そうでも言わないと、小麗、舌噛んで死にそうだったから」

「!?」

確かにそんな感じだった気がする。復讐の成功を未来に繋《つな》げることで、あの頃の自分は立っていられたのだから。しかし今は違う気持ちでいる。自分の中で一体、何が変わったのか——今の小麗には分からなかった。

「あの男、青海の殺害は紫金国の人間に依頼されたって言ってたわ。それに、私も同じように依頼されたから殺すって。どうして？　誰がそんな恐ろしいことを……」

「ん。何だろうな」

不自然なほど興味がなさそうなジンの横顔を観察しながら、小麗はある可能性に思い当たる。ひょっとして、ジンにはすでに見当がついているのではないか。

それを問おうとしたときだった。

「！」

思わず声を上げそうになった小麗の口元を、ジンが素早く塞《ふさ》ぐ。

「怖がらなくていい、この辺りを縄張りにしている狼《おおかみ》だ」

ジンが声を殺して教えてくれた。明け方のあかね色に映《は》える湖のほとりで、一匹の狼が水を飲んでおり、彼の作る波紋が湖を静かに揺らしている。

「狼は昔から、俺達メンギルの祖《そ》だと言われている」

ジンの声はいつになく優しい。愛おしむような眼差《まなざ》しで、その狼を見ていた。

「俺は狼の子だ。だから強く在り続けなければならない」

草原の民が狼に対してそのような想いを寄せていたとは、正直、驚いた。大切な家畜《かちく》である羊や山羊を襲うこともあると聞いていたので、生活を脅《おびや》かす獣《けもの》として嫌われているかとばかり思っていたのだ。

しかしこうして改めて狼を目撃すると、その神々《こうごう》しいまでの姿に心を奪われている自分がいた。賢《かしこ》そうな黒い瞳に灰色がかった黒い毛並み。肢体には一切の無駄がなく、ほっそりとした輪郭《りんかく》には力強い生命力が満ちあふれている。

言われてみれば、その姿はジンととてもよく似ている気がした。

「……あ」

狼は静かに水を飲み終えるとこちらを振り返ることなく、丘の向こうに姿を消した。

「なぁ小麗」

ふいにジンが口を開いた。

そしてまるで独白のように、湖を見つめたままつぶやく。

「身体の傷には薬が効くだろうし、心の傷は時間が治してくれる。だが」

風が吹いた。生まれたての弱々しい太陽の光を受けながら、花々がいっせいに揺れる。

「血の傷はどうすれば癒《いや》されるんだろうな。それとも死ぬまで永遠に続くか」

血の傷、と小麗は口の中で繰り返す。それは、紫金国《しきん》の皇女という自分の過去のことを差しているのだろうか。

（ジンは私に、復讐心を捨てろと言っているの？）

彼の瞳に浮かんだ悲しげな表情に、小麗は何も言えなくなっていた。

「あの、流花を許してあげて。私を元気づけようと遠出に誘ってくれたの」

メンギルに戻ってひどく落ち込んでいる流花と再会すると、小麗はすぐにジンの元へ向かって懇願《こんがん》していた。紫金国では、主人を危険にさらした従者は無条件で殺される。青海が死んだときにも、彼に仕えていた末端の使用人までが百人ほど処刑《しょけい》された。

だから流花も何か咎《とが》を受けてしまうと思い込んでいたのだが——。

「遠乗りには、小麗の意思でついていったんだろ?」

確認するジンに対して「もちろんよ」としっかりと肯定《こうてい》してみせる。

「だったら、責任は小麗にある」

そう言ってこつんとおでこを叩かれる。それで終わりだった。またしてもジンの適当さに啞然《あぜん》とさせられるが、流花が罰せられることはないと知ってひとまず安堵《あんど》する。

しかし流花本人はまだ自分を責めているのだろう、小麗が用事を頼まない限り、従者の包《パオ》から出てこない日々が続いていた。

(流花、早く元気にならないかな……)

メンギルに無事帰ってから、早くも一カ月が経とうとしていた。肌寒かった春は終わり、メンギルは次の季節を迎えようとしている。一年で最も時期が短くて瞬く間に過ぎ去っていく夏は、草原に暮らすすべての生命にとって貴重な繁殖期《はんしょくき》に当たる。そんな生命力に満

いちゃいちゃ♥ ラブラブ♥
激甘Hシーンもりだくさん!!

「あなたのここは、柔らかくて気持ちがいい」

彼はなおもそこに舌を這わせ、くわえ、少し引っ張って吸い上げる。そうされるごとに甘く体中を刺されるような、指先までに甘美が広がっていくような。つま先までが突っ張って、引きつる感覚が全身を貫く。

「いったいどこまで感じるのか、確かめたくなってしまう」

背骨の形を辿られ、窪みにくちづけを落とされ、肩胛骨に噛みつかれる。その痕には舌が這いくちづけが落とされ、腕や肩以上に丁寧な愛撫が施される。肩や腕への刺激から逃げたつもりだったのに今度は背に愛撫を受けるという思いがけない展開に、クローゼは焦燥した。

「ほら……もう濡れてる」

通り抜けた快楽は、下腹部に熱い感覚を残す。その疼きに耐え難く、しかしクローゼの体を組み敷くセリオンの手はゆるまない。右手は乳房を、左手は秘所を愛撫しながら、その唇が耳朶を噛む。

大好評発売中の8月刊!

こんな新婚
ラブラブH小説
見たことない!?

蜜月
王子の溺愛、花嫁の愉悦

ゆきの飛鷹
イラスト／もぎたて林檎

ティアラ文庫を代表する人気小説家、
ゆきの飛鷹先生の最新作が登場！
「新婚ラブラブH」をテーマにゆきの先生が新境地に挑んだ意欲作！
イラストはお馴染みの名コンビ、もぎたて林檎先生！
大増量＆激甘なHをぜひお楽しみ下さい♡

STORY 愛してる——。囁き合って抱きしめられる腕、抱きしめる手。くちづけを交わしながら感じるのは最高の幸福。
クローゼと王子セリオンは甘い日々を送る新婚カップル。でもセリオンは政治的事情から、第二妃を娶ることに!! そんなの嘘！ 彼が愛しているのは私だけと信じてる！ セリオンは指一本触れないと約束するけどやっぱり不安。しかも第二妃が、彼との夜をほのめかし挑発してきて!?

『蜜月 王子の溺愛、花嫁の愉悦』
ティアラ文庫さん、創刊一周年おめでとうございます！
ゆきの飛鷹 四冊目の著作になります『蜜月』は、
甘々ラブラブ、エロティック、ロマンティックをコンセプトに
新婚カップルの甘い生活の中、突然第二妃が!?
宮廷陰謀が!?という内容になっております。
プラスいつもよりHシーン増量！の本作、
どうぞお楽しみいただけましたら幸いです♡

ゆきの飛鷹

Tiara Label
ティアラ文庫
ティアラ★パーティー
Tiara★Party
2010
8月号
『蜜月　王子の溺愛、花嫁の愉悦』(イラスト:もぎたて林檎)
フランタン出版

ちあふれる草原の姿は、玉響《たまゆら》ゆえに美しいのだとギオルシュが教えてくれた。

「そのあとはどうなるの？」

小麗が尋ねると、ギオルシュは空を仰ぎながら目を細めた。

「秋はほとんどありません。すぐに長くて辛い冬がやってきます。雪はほどんどつもりませんが、連日吹雪が吹き荒れて一歩も外に出られないことも。草原の草は枯《か》れてしまうので、家畜達には夏に蓄《たくわ》えた干し草を与えて凌《しの》ぎます」

枯れ果てた草原に吹き荒れる吹雪……それは想像するだけでも侘《わ》びしい風景だった。

「冬って悲しい季節なのね」

ぽつりとつぶやいた小麗に、しかしギオルシュはにっこりと微笑んで首を振った。

「そうでもないですよ」

「？」

「冬の間は特に仕事もないので、メンギルの民は家族単位でひとつの包《パオ》にずっと一緒に暮らします。暖かな炉《ろ》を囲みながら春を待つのは、案外楽しいことです」

「家族と一緒に……それって王族も同じなの？」

「もちろん」

「！」

それは小麗にとって、小さな憧《あこが》れでもあった。紫金国の皇族は生まれてすぐに母親と引き離され、乳母《うば》に育てられる。父親に到っては対面の機会すらない場合が多く、親という存在は極めて希薄《きはく》なのだ。

それをギオルシュに告げると、彼は気の毒《どく》そうに眉《まゆ》をひそめた。

「他国の風習に介入することはジン王様から厳しく禁じられていますが……それでも親と子は一緒にいるべきでしょう」

馬や羊もみな、子が一人前になるまでは共に暮らしますよ、と付け加えるギオルシュに、小麗はたちまち面白くなくなってしまう。

「馬や羊と一緒にしないでよ。そういうギオルシュには家族がいるの？」

「……残念ながら独り身です」

肩をすくめて見せる彼に、小麗はなぜか勝ち誇《ほこ》ったような気分になる。そしてお節介《せっかい》にも勝手に相手を選び始めた。

「私の包に仕えてくれているルテは？　すっごい美人だし。あとはジンの従姉妹のメルテルとか……あ、彼女はまだ十三だもんね、若すぎるか」

それとも、と頬に指を当てて考え始めた小麗の脳裏に、ふとよぎる女性があった。

「流花とか」

彼女はなぜかギオルシュのことが気に入らないようだが、もっとよく話し合えば彼の良さが分かるはずだ。しかし。

それまでは小麗の提案を楽しげに聞いていたギオルシュが、ふいに表情を変えた。

「小麗様、あの従者にはお気をつけ下さいませ」

突然、そんなことを言い出す。小麗はびっくりしてしまった。

(ギオルシュってば、流花と同じこと言ってる。本当にこの二人は仲が悪いわねぇ)

呆れていると、ギオルシュはふっと表情を和《やわ》らげて話題を変える。

「そういえば小麗様、ジン王への復讐の首尾はどうなっているのですか？」

「……」

今度は小麗の顔色が変わる番だった。

流花に責っつかれなくなったのをいいことに、復讐については放置してある。青海を殺していない、彼はそう言ったのだ。もちろん、それだけで復讐は終わったことにはならないし、ジンはまだ何かを隠している気がする。それは小麗の勘《かん》だった。だがこれ以上の真相を確かめたくても、肝要《かんよう》のジンはなぜかふっつりと包《パオ》へ現れなくなっている。

(別に、待ってるわけじゃないけどっ)

最初はこれで落ち着いて眠れるとばかり清々していた小麗だったが、それが一カ月も続くとなると心情は変わってくる。昼間に話しかければいつも笑顔で迎えてくれる。何か気に障《さわ》った風でもないのに、どうして夜だけ来ないのか。彼の不可解な行動に苛立《いらだ》ちは募るばかりである。

さらに悪いことに、最近の小麗は気がつけばジンを目で追っていた。

彼が楽しそうに少年達に稽古《けいこ》をつけているときも、今年の気候について老人達の助言を聞いている真剣な面持ちも、限りなく優しい瞳で丁寧《ていねい》に馬の手入れをしているときも、小麗はジンの姿に釘《くぎ》付けになってしまっていた。

全身を流れる血がかぁぁと熱くなって、人知れず胸が高鳴る。頬が赤く染まり、せつない吐息がこぼれるのを止めることはできなかった。

「……」

そのくせ、小麗の熱心な視線に気がついたジンが手を振ってきても、プイと顔を背けてしまう。そしてその後、ジンが気を悪くしなかっただろうかとくよくよ悩《なや》むのだ。

一日中、ひとりでそんなことを繰り返しているとさすがに疲れる。いい加減、状況を変えたいのだが、その上で大切なのはやはり、青海を殺害したのは誰かという疑問だった。

ジンの話によれば、自分は青海殺害に関与しておらず、嘘をついていたのはただ復讐心を自分に向けさせて、小麗の自殺を止めたかっただけなのだという。そしてタタールの王子ジャムカは自ら、青海殺害を告白した。あの様子から察するに見栄《みえ》や偽りの自慢だとも思えない。

だとすれば小麗が復讐目的で嫁がなければならなかった相手はタタールであり、兄である龍飛《ロンフェイ》の情報に誤りがあったということになる。それともメンギルとの同盟の道具として降嫁《こうか》しなければならない小麗を哀《あわ》れんで、龍飛がわざと嘘《うそ》をついたのだろうか。

「はぁ～……ダメだわ」

一体、何が本当で誰が嘘をついているのか、小麗ひとりではさっぱり分からない。ここはやはり一刻も早く流花に元気を出してもらい、答えを教えてもらわねば。

それでも、密かに今すぐに知りたいことがひとつだけ――。

(本当にジンは……殺していないの……それを信じていいの……?)

タタールの手から鮮やかに助け出してくれた夜、そして二人して狼を見つめた美しい湖の朝――あのときから自分の中で何かが変化してしまった。

(ううん、違うわ。本当はもっと、ずっと前からここにあったのよ)

小麗はそっと、自分の胸に手を当てる。タタールのジャムカに裸体を見られ触られそうになったとき、その想いに初めて気がついた。それは今までに経験したことのない得体の知れない感情で、日に日に大きくなっている。

（私、ジンのことが……好き……？）

彼の素顔を知れば知るほど、否定的だった自分の見方が覆されていったのは事実だ。確かに、ジンのことを昔のように毛嫌いすることはできない。

そして――自分でも驚きだが――彼は他の男とは少し違うのだ。

けれど、小麗にはそれが恋だとは到底思えなかった。なぜなら小麗にとって恋とは、常に楽しくて綺麗で幸せに満ちたものでなければならないからだ。こんな風にイライラしたり、急にせつなくなったり、泣きたくなるような想いを、恋と呼びたくはない。

（この胸を締めつけるような気持ちの正体は一体、何なの？）

誰かに教えてもらいたいが、さすがにジンのことを流花に相談するのは抵抗《ていこう》があった。また怒られてしまいそうである。かといってギオルシュにも――。

「それでは、今日の訓練はこれまでにしましょう」

物思いに沈《しず》んでいた小麗の耳に、ギオルシュの声が届く。驚いて顔を上げると、彼は意味深に微笑みながら集落の一角を指差していた。

「？　……!!」

そこには、傾きかけた夕暮れの太陽の中で自分の馬の世話をしているジンがいる。小麗の顔が夕焼けよりも赤く染まっていく。

「私の結婚話も有難いお話ではありますが、まずは小麗様がお手本を見せて下さってから、私の相手を探して下さいね」

「な……！」

どうやら剣術や乗馬以外でも、ギオルシュは一枚も二枚も上手のようである。ギオルシュに背中を押されながら、小麗は戸惑いつつジンの元へと近づいていく。

こうなればもう、覚悟を決めるしかなかった。しかし。

「ジン！」

名を呼んでしまってから激しく後悔《こうかい》する。どう切り出せばいいのか。

「おう、小麗。訓練はもう終わったのか」

何も変わらない裏表のない笑顔で、ジンは迎えてくれた。しかし、今の小麗には笑い返す気持ちの余裕などまったくなく、必要以上に強ばった顔で眉根《まゆね》を寄せて言い放つ。

「私はね、真面目なの」

唐突《とうとつ》な発言に、ジンは不可解な顔をこちらに向けた。

「だから絶対に絶対に勘違《かんちが》いしないでよねっ」

「？　小麗って時々よくわからないよな。一体、何の話だ？」

「……どうして私の包《パオ》に来なくなったの？　べ、別に来て欲しいなんて思ってるわけじゃないけど！　その、性格上、いつもと違うことされると落ち着かないのっ」

真っ赤になって伝えると、納得したようにジンは目を細めてみせた。そしてそのまま、小麗の腰に手をまわしてぐっと近づける。思わぬジンの動きに、小麗はよろめきながら彼の胸の中に飛び込んでしまった。

「ちょ、ちょっと！　何勘違いしてんのよ、馬鹿っ」

「勘違いは小麗の方だ」

逃げ出す動作を止めて、ジンの腕の中からその顔を見上げる。彼はいつになく真剣な瞳でこちらを真っ直ぐに見つめていた。

「……ギオルシュにはもちろん、メンギルの民には絶対に言うなよ」

突然、そんなことを言い出すジンの気迫に押されて、小麗もまた真剣に頷いてしまう。

彼は再び小麗をぎゅっと抱きしめると、耳元でささやいた。

「俺は『金狼』だ」

「？」

そんなこと、今さら打ち明けてくれなくてもみんな知っている。

「それなのに、今の俺には真実を守り抜く自信がない」

小麗は自分の耳を疑った。いつも馬鹿みたいに自信に満ちあふれている彼が、まさか。

「お前がタタールに奪われたと聞いて、全身の血が沸き立つのが分かった。俺は王だ。メンギルの民を危険にさらす行動はとれない。しかし小麗がいないことだけは、どうしても我慢できなかったんだ。だから部下に頭を下げて頼み込んだ。罠《わな》だと分かっていても、それでもタタールの地へついていきて欲しいと」

その言葉をジンの胸で聞いていた小麗は、思わず彼を仰ぎ見る。

信じられなかった。まさか自分なんかのために、王である彼が部下に頭を下げていたとは——そしてギオルシュを始め、ジンの部下達が見せていた戦場での勇ましい顔つきを見る限りでは、その頼みを全員が快《こころよ》く聞き入れたに違いなかった。

(でもどうして私なんかのために……?)

戸惑う小麗をジンは優しい瞳で見下ろしている。彼の指が頬を滑り、髪を優しく撫でた。

「どうやら俺は、知らないうちにお前のことがずいぶん好きになっていたらしい」

迷いのない真っ直ぐな眼差《まなざ》しにどうしていいか分からなくなる。

「小麗のいない集落は火が消えたように寂《さび》しく感じて、頭の中には色々な顔の小麗がずっと駆け巡っていた……全部怒っている顔だったけど」

「もう!」

小麗は思いっきりジンの胸を叩いた。せっかく心を込めて話を聞いていたのに、余計なことを言うから笑ってしまうではないか。ジンはいたずらっぽい目で笑うと、ふいに小麗を大切そうに包み込む。彼の弱ったような声が、小麗の耳に甘く響いた。

「だからもう、小麗の包には行けない」

その言葉は夢心地だった小麗の心を冷たく突き刺した。呆然《ぼうぜん》とする自分からそっと腕を離して、ジンは悲しげに背を向ける。

(ジンの弱虫!　金狼なんてどうでもいいじゃない、馬鹿っ)

心の中で叫ぶが、どうしても言葉にはならなかった。小麗はもどかしげに唇を噛む。

ジンから真っ直ぐな想いを打ち明けられて、本当に嬉しかった。そして今、彼の気持ちに応えたいと強く願う自分がいる。

(それってジンが好きってこと?　そっか私、やっぱりジンに恋しているんだ……)

散々迷っていた答えが、胸の中にすとんと収まった。一瞬だけ、湧き上がるような歓喜に心が揺れた。しかし、すぐに流花の困った顔や紫金国にいる龍飛が言った同盟という言葉、命を落とした青海の姿までもが脳裏《のうり》をよぎり、小麗の熱き想いを踏みとどまらせる。

「……」

立ち尽くす小麗は、生まれたばかりのジンへの想いと過去の柵《しがらみ》との狭間で激しく翻弄《ほんろう》され、口にすべき言葉が見つからない。胸がひどく苦しくて、熱い。

ジンは、そんな小麗をちらりと振り返ると、さらに肩を落として見せた。

「じゃあな、小麗」

「ジン！」

気がつけば去っていこうとする背中に呼びかけていた。勇気を出して一歩踏み出せるのは、きっと今しかない。この機会を逃せば、自分はまた出口のない思考の迷路でうじうじと悩むだけだ。だから。

（ごめん、流花、兄様。そして……青海）

申し訳ない気持ちに嘘《うそ》はない。けれどこれ以上、自分を偽《いつわ》ることはできなかった。正直、相手の思い通りになっている自分が悔《くや》しい。

（本っ当に悔しいんだけど）

目の前で困っている彼を助けたい気持ちの方が勝ってしまう。いつの間にか、ジンの望みは自分の望みになり、彼の喜びは自分の喜びとなっていた。だとすれば、小麗が今いうべきことはひとつしかない。

金狼の宣言によって、ジンが気持ちを抑えなければならないのならば。

その戒《いまし》めを解けるのは自分だけ。

それは簡単なことだった。

「……ジン、私」

ゆっくりと振り返るジンの顔を真っ直ぐにみることができない。小麗は恥ずかしさで真っ赤になりながらも、必死に言葉を繋《つな》げた。

金狼の宣言を真実にするため――そして、心の命ずるままに。

「私、あなたに抱かれたい」

ほんの数秒だったに違いないが、小麗にとっては耐えがたい沈黙だった。とうとう言ってしまった。身体中からふっと力が抜け、そこで初めて自分がものすごく力んでいたのだと知る。

「小麗」

驚いたようなジンの声が、うつむいたままの小麗の耳に届く。

顔はまだ上げられない。けれど後悔する気持ちは全然なくて、そのうえ不思議と恥ずかしさもない。それどころか、逆に胸を張ってみなに宣言してまわりたい気分にすらなっていた。私はジンが好きで、だから本当に心から彼に抱かれたいの、と。

「くくく」

それまで顔を伏せていたジンの肩が震えている。顔を上げて首をかしげる小麗に向かって、彼がふいにしたり顔を見せた。

「……かかったな」

「⁉」

何ということだろう。開いた口が塞《ふさ》がらない小麗に向かって、ジンは憎たらしいほど屈《くっ》託《たく》のない笑顔を向けた。小癪《こしゃく》なことに、小麗はその笑顔にすら見惚れてしまう。

彼は小麗の小さな顔を両手で包み込むと、ふいに真剣な瞳でのぞき込んだ。

「これで金狼の真実は果たされた」

「信じらんないっ、ジンの卑怯《ひきょう》者！」

「けど嘘はひとつもついていないぞ。俺はお前が好きだ。そして好きな女とは」

「きゃ！」

抱き上げると、小麗を自分の馬に乗せる。

「ど、どこへ行くの？」

すでに太陽は西の空に沈《しず》み、地平線をほの紅く輝かせるばかりである。振り向けば群青《ぐんじょう》色の夜空に一番星が輝いていていた。

風を切って走るジンは、手綱を片手で操りながら小麗の唇を容易《たやす》く奪う。

激しくも甘やかなその口づけを受けながら、小麗は目を閉じた。ジンが好きだ、それ以外のことは今は何も考えられない。

流花が知れば悲しむだろうか。メンギルに来た目的を果たしていない自分は、きっと彼女を失望させてしまう。情けなくて卑怯《ひきよう》で、弱くて駄目な自分だと分かっていた。それでも今は、今だけはこの幸せをかみしめていたい。

絶え間なく小麗の唇を濡らし続けていたジンが、湿《しめ》った声でささやいた。

「決めていた。心から愛する女とは、寝台なんかでは結ばれないってな」

夏に向かう季節の中で、日は大分長くなっている。

それでも互いに待ちきれないような執拗《しつよう》な接吻《せっぷん》を繰り返しながら、かなりの距離を馬でかけてきた。辺りはすっかり夜である。見上げれば、紫金国では見たことのないほど大きくて丸い月が出ている。雲ひとつない夜空には幾億《いくおく》もの星も瞬《またた》いていた。おかげで草原は黄金色に輝き、昼間のような明るさを保っている。

「あ、ここは」

見覚えのある景色に小麗は声を上げた。ジンに連れてきてもらった花の湖だ。その途端。

「きゃっ」

ジンは小麗を抱きかかえたまま、馬から飛び降りる。そのまま転げるように、二人は夜

の草原に抱かれていた。足元では湖が鏡のように静まりかえり、満月を映し出している。

「もう、本当に大雑把《おおざっぱ》なんだから」

一応文句を言ってみるが、ジンにすれば飛び降りは慣れた動作であるらしく小麗の身体には土ひとつついていない。

「何だよ、どこも痛くなかっただろ」

地面に転がっている今でも、小麗はジンの上に乗せられている。彼はそのまま上半身だけ起き上がると、小麗を自分の腰の辺りに跨《また》いで座らせた。戸惑いながらも彼の言うとおりにする。大人しくしているのをいいことに、ジンはいとも容易く小麗の衣をすべて脱がせていった。月光はとても明るくて、その裸体を隅々まで照らし出す。

「綺麗だ……本当に」

大地に仰向けになったジンが目を見開いていた。

そこには初夜で見せたときのような淫猥《いんわい》な眼差しはなく、愛しさと尊敬が込められている。以前に狼を見ていたときのように――。

「自分だけずるい。恥ずかしいよ」

あまりに長いあいだ見つめられるので、何だか居心地悪くなってくる。早くいつものように身体に触って欲しかった。そうすれば自分は目を閉じることができる。

しかしジンは「自分だけずるい、か。それもそうだ」と突然、降参するかのように両手を大きく広げる。そして悪戯《いたずら》っぽく笑いかけた。

「俺を好きにしていいぞ。全部、お前のものだ」

「え!?」

まさかそんなことを言われるとは。けれど「ずるい」と言ったのは自分である。

かなり躊躇《ちゅうちょ》しながらも、小麗は震える手で衣に手をかけた。男性の衣を脱がせるなんて、もちろん初めての経験だった。そっと胸をはだけると、鍛《きた》え抜かれた胸板が露わになる。

(ジンはさっき、私の身体を綺麗だと言ってくれたけど)

自分にしてみれば、彼の肉体の方がずっと美しいと思った。この身体が私のもの？

そう思うと不思議にぞくぞくとした悦《よろこ》びが湧き上がる。その感情を噛みしめながら、小麗は腰の帯を解いて長剣を脇に置き、上半身の衣をすべて取り去る。小麗の手がどんなに遅くても、ジンは優しく見守っていてくれた。

「……」

その先を考えて小麗は再び途方に暮れてしまう。ジンのように、そちらを見ないで衣を脱がせる芸当など到底できない。散々迷った挙げ句、ジンに背中を向けて座り直すと下の衣も脱がせにかかる。途中、お尻に何度も悪戯《いたずら》をされながらも、やっとジンを全裸にすることができた。これでやっとお互いが同じ立場で、最初の体勢に戻ることができる。

「で、どうする?」

面白そうにジンが尋ねてくる。今までは一方的に責められていて、その度に怒りを覚えていたが、逆になればどれほど難しいかがよく分かった。好きにしていい、とさっき彼は言ったはずだ。小麗は恐る恐るジンの唇に自分の顔を寄せてみる。瞳を閉じて彼の唇をとらえると、しっとりと温かな感触が迎えてくれた。

小麗は強弱をつけながら何度も唇を押しつける。ジンは焦らずに小麗の進む度合いに合わせて、同じような動きを返してくれた。自分の唇で彼の下唇を柔らかく挟み込み、そっと舌を出すと彼の口蓋《こうがい》へと滑《すべ》らせてみる。ジンの舌が絡《から》みつき、強く吸い付いてきた。小麗の中核《ちゅうかく》が、徐々に甘くにじみ出す。

合わせるようにジンの両手が下から伸びてきて、小麗の胸を優しく揉みしだき始めた。たちまち快楽が芽生え、息がひどく乱れ始める。唇を密着させたまま愛撫《あいぶ》を受けると、かすかな吐息すらもすべて漏《も》らさずに相手に伝えてしまうことになる。

(やだ、私ったら。まだ口づけと、ちょっと胸を撫でられただけなのに)

身体がひどく感じてしまっていることに気がついた小麗は、恥ずかしくなって唇を離した。

「小麗」

そのことに気がついたのか、ジンは優しく微笑むと、自分の股間《こかん》へと小麗の手を導く。

「どうだ？」

信じられないほどの熱を持っていて、とても固い。それに何だか奇怪《きかい》な形をしていて、これも彼の一部だとは到底思えなかった。

「この熱さはお前への情熱の温度だ。そしてこの固さはお前への想い。俺だってこんなに感じている」

そう言われると、この奇妙なものも急に愛しくなる。

「そして小麗も」

ジンの手が下腹部に伸びてきて、熱く濡れている部分へと指を差し入れた。

「！」

「これは愛する男だけに注がれる愛の蜜《みつ》だ。すべてを許し受け入れるお前の覚悟。俺達の身体は、こんなにも愛を語るんだ、言葉なんか生まれる前からずっと」

指先が蜜をかき回す。小麗は思わず彼のものを握り締めていた。ジンがくぐもった声を出して、天を仰いでいる。

（ジンも同じように……感じてるの？）

それは嬉しく誇《ほこ》らしいことだった。二人はしばらくの間、互いの身体に悦《よろこ》びを与え合うことに没頭する。やがて。

「きゃ」

我慢できなくなったジンが、勢いよく体勢を逆にした。組み敷かれた小麗の胸に、彼が顔を埋めている。頬で柔らかさを楽しみ、唇と舌先で細かい部分まで確認しながら、先端部分を刺激し続けた。

小麗は愛しげに、そんな彼の髪《かみ》に指を差し入れて優しくかき抱いてみる。まるで母にでもなったような穏やかな気持ちで目を閉じると、彼の舌に意識を集中させた。背中も腹も、足の指先でさえ、愛撫《あいぶ》に反応して中核を熱く滾《たぎ》らせる。

小麗はもう声を押し殺そうとは思わなかった。

心のままに息を乱し、せつない声を上げる。吐息から色づく艶《つや》めいた喘《あえ》ぎ。喉《のど》をつまらせるようなささやかな呻《うめ》き——ジンが初夜で言ったように、無理に声を殺さず解放してやれば、快楽はちゃんと喜びとなって心まで響き渡った。

恥ずかしいとか隠したい気持ちは露《つゆ》の如《ごと》く消え去っていた。自分は今、ひとつの命として正しいことをしていると感じることができる。それは不思議な体験だった。

「小麗」

恍惚《こうこつ》としていた小麗の耳元に、ジンの声が届く。

「これから本当にお前を抱く。許してくれるか」

息を乱しながらも、小麗はしっかりと肯《うなず》いた。ジンにすべてを捧《ささ》げたい。そしてまたジンのすべてが欲しい。そのための犠牲《ぎせい》なら、きっとどんな痛みにも耐えられる気がした。

「よし、身体の力を抜いてできるだけ楽にするんだ。大丈夫、俺を信じろ」

今までになく足を大きく開かれる。いよいよ始まるのだ。小麗は自分の両手で顔を覆い大きく息を吐く。もちろん彼を信じていたが、やはり怖さで身体が自然と硬くなってしまう。さきほど触って確かめた、彼の熱くて固いものが濡《ぬ》れた秘部へとあてがわれる。それだけで甘やかな電流が駆け巡った。

ゆっくりとジンが膝《ひざ》を落としていく。

小麗の中でめりめりと音がしたように感じた。身体に無理なことをされている、そんな感覚がどうしても抜けない。

（これって本当に合っているの!?）

驚きの中で思考がこだまする。小麗は首を激しく振っていた。

「息を止めるな。ゆっくり吐くんだ」

無我夢中で言うとおりにする。すると不思議なことに少しだけ楽になった。その途端。

「あっ」

あり得ないと思っていた部分に、彼の一部がするりと侵入する。それは小麗の身体にしっかりと食い込んでいた。

「よし、良い子だ。小麗はホント身体だけは素直なんだよな」

相変わらず余計なことばかりのジンに文句をつけたかったが、吐息しか返せない。

「さて、あと少しだ。頑張れよ」

その言葉に驚愕する。まだ終わっていなかったのか。もうこれ以上は無理、と伝えたくてジンの腕を掴んだが「大丈夫」と取り合わない。そのままジンは体勢を下げて胸を寄せてきた。その分、彼の身体が深く奥まで入っていく。小麗はジンの首に手をまわして、必死に痛みを堪えた。額《ひたい》に汗が浮かぶ。

「！」

ゆっくりと、しかし決して止まらずにジンは奥まで達した。小麗にしてみれば、胃《い》の辺りまで入れられている感覚がある。圧迫感で息苦しかったが、痛みはもう引いていた。

「俺が、お前の中にいるのが分かるか？」

ひたすら瞳を固く閉じていた小麗は、その声に我に返った。そして下腹部に意識を向ける。確かに自分の一番奥深い場所に、ジンの存在を感じることができた。それは胸が痛くなるほどの喜びだった。

（一緒になってる……愛する人と本当にひとつの身体になっているんだ）

ジンを深く受け入れながら、小麗は歓喜《かんき》の涙を流す。そして上に乗っているジンと強く抱き合った。今、分かった。これが本当に抱かれるということなのだ。

「すごい……」

小麗は思わずつぶやく。それは本当に、想像を遙《はる》かに超えて素晴らしい体験だった。

彼の胸に顔を埋めて泣き続ける小麗を、ジンは幼子を慰《なぐさ》めるように「よしよし」と頭を撫でてくれた。

「よく頑張ったな。もう痛いのは終わりだから」

そう言いながらゆっくりと腰を引くと、中のものを動かしていく。途端に小麗の中核が悲鳴を上げた。

（い、痛いの終わりって言ったのに……！）

叫ぼうとした次の瞬間。

小麗は息を飲んだ。違う。これは痛みなどではない。

「！」

今まで経験したことのない強烈な快楽が身体を突き抜けた。彼が腰を引いて、再び最深部まで深々と貫《つらぬ》くたびに、抗《あらが》えない巨波が小麗を攫《さら》っていく。それに流されてしまわないように、小麗はしっかりと腕と足で彼の身体に絡みつく。自分でも信じられないほどの大きな声が幾度となく唇から発せられる。それを止めることは到底無理だった。

ジンは官能《かんのう》の波の間隔《かんかく》を徐々に詰めていく。それに遅れることなく、小麗の身体も自然に反応していた。勝手に腰がなまめかしく動き出す。

彼の息も上がっていた。それに呼応するように小麗の喘《あえ》ぎ声が重なっていく。

「行く、ぞ。小麗……！」

最後の突き上げに小麗はただ、絶叫に近い声でひたすらジンの名を呼び続ける。

二人の上に大きな風が通り過ぎていった。


疲れ切った身体を大地に委《ゆだ》ねて、二人は寄り添うように身を寄せる。

「忘れてた。馬の荷袋に敷物が入ってるんだっけ。小麗、いるか？」

「今さら遅いわよ。本当に雑なんだから」

文句をつけながらも、小麗は「いらない」と首を振る。

地面は温かく湿っていて、草の香りが心地よかった。一糸まとわぬ二人の姿を、月と星々以外には誰も見ていない。

しかし今の小麗には、たくさんの生命を感じることができた。二人はおおらかな自然の中にいて、生命に等しく与えられた喜びの恩恵を受けている。

「気持ち良かっただろ?」

自分の上衣を掛けてくれながら、ジンが聞いてきた。

それはこの状況のことを言っているのか、それとも行為自体を示しているのか分からなかったが、答えはひとつだ。

「うん、すごく気持ち良かった」

「夏に交わされた愛の結晶《けっしょう》は、春に生まれる」

小麗の頭を優しく抱きしめて、ジンはそんなことを言う。彼の胸に頬を当てながら、小麗はジンと過ごす長い冬を想っていた。そこで小麗は初めて気がついた。本当の意味で抱かれるということは、単に快楽を極《きわ》めるだけでなくて子を成すこともできるのだ。

ジンの子供を宿《やど》す――それは素敵な事実だった。

「流花の言っていたこと、本当だったわ」

最後に感じた強烈な一体感を思い出しながら、小麗は賢《かしこ》く経験豊かな従者の言葉を思い出していた。

「何だよ?」

「初夜からずっと、ジンは私を脱がせて触るだけで帰ってたでしょ? そのときに言われたの『それではお互いにお辛いでしょうに』って。私には全然意味が分からなかったけど」

ジンは辛かった? 腕枕《うでまくら》の中から無邪気に聞いてくる小麗に破顔しながら、彼は「そうだなぁ」と思い出すように夜空を見上げる。

「辛いってより、あとで一人で出してる自分が情けなかった……」

「?」

「何でもない! それよか小麗だってもう、途中までで終わるのは嫌な身体になってしまっただろう。どうだ、もう痛みはないか?」

「う~ん。ちょっとひりひりするだけで痛いってほどじゃないけど。それよりも、何だか身体に隙間ができたみたいに変にすーすーする」

「……じゃあまた、埋めないとな」

ふいにジンの声が甘く低くなる。そして小麗の正面にまわると、自分の膝《ひざ》の上に小麗をまたがらせた。そのままお互いに座ったまましっかりと抱き合う。さっき結合されていたジンの部分が固く熱を持ってくるのを感じて、小麗の泉《いずみ》もまた新たな蜜《みつ》を溢《あふ》れさせている。

密着した身体を押しつけ合うだけで、うっとりするほどの快楽に包み込まれていく。

小麗の胸の先端は固くより敏感《びんかん》になって、ジンの愛撫《あいぶ》を求めていた。思いが伝わったかのようにジンは膝から小麗を下ろすと、そのまま前にかがみ込んで胸に唇を這《は》わせる。

支えを失った小麗は身体よりも後ろに両手をついて、喉《のど》を反らせて天を仰いだ。

胸の先端《せんたん》を執拗《しつよう》に舐《な》めまわしては甘噛みしたり転がしたりしている口と、胸の膨らみを優しく揉《も》みしだく両方の大きな手の平が、小麗の呼吸を乱していく。

ジンの唇はそのまま腹を通過して、すでに妖《あや》しくうごめいている蜜壺《みつつぼ》まで到達した。快楽の度合いが一気に激化し、小麗の上げる声にやるせない響きがこもる。それまで目を閉じていた小麗は、そっとジンの頭を見下ろしてみる。

自分の膨《ふく》らんだ胸とその谷間、震える腰と小さな臍《へそ》。なだらかな坂を描いて、最後には熱心に動き続ける彼の頭まで視線を這わせる。

(やだ、私ったらこんな身体だっけ?)

小枝の棒きれのようだった自分の身体は、一体どこに行ってしまったのだろう。今、目の前に映っているのは、太ってもいないのにどこかいやらしく丸みを帯びていて、悩ましく胸を震わせ腰を揺らしている。それは貪欲《どんよく》に男を欲しがる大人の女性の身体だった。

「ジン……」

得体の知れない不安を感じて、愛しい人の名を呼んでみる。それだけで心が安まった。

大丈夫だ、これから自分がどう変わって行こうが彼さえいれば怖くない。

「！」

そう思った瞬間に、官能の波が小麗を攫って押し上げていった。

「小麗、そのまま後ろを向いて馬のようになってみろ」

朦朧《もうろう》とした意識に、ジンの声が届く。小麗は何も考えずに言うとおりにした。すると、お尻《しり》の割れ目に彼のものが当てられる。

（え？　何するのっ）

驚いて腰を引こうとしたが、彼の手でしっかりと固定されてしまった。

「ジン！」

「大丈夫だ、全部俺に任せて」

言われなくてもそのつもりだが、一体、何をしようとしているのか見当もつかない。やがてジンの熱いものがゆっくりと小麗の蜜壺に侵入してきた。それも驚くような場所からである。先ほどとは逆の角度である分、未開拓だったところが摩擦《まさつ》を受けている。

それは新たな快楽への入口だった。

彼が出し入れを繰《く》り返す度に、小麗はあられもないほどの大声を発してしまう。身体の骨が腰から全部溶けてしまったように、どこにも力が入らなくなる。自分の上半身を支えられなくなった小麗は、両手を曲げて顔を地面に近づける。その結果、より腰を高く突き出す格好になってしまった。

さらに身体の奥深くまで、ジンが蹂躙《じゅうりん》していく。

彼はさらに覆い被さるように小麗の背中に乗ると、両手を伸ばして胸を強くもみ上げた。

小麗はもうたまらなくなる。

「お、お願い、ジン。もうやめて……！」

このままでは本当におかしくなってしまう。涙目で懇願《こんがん》する小麗に、ジンは少しだけ動きを弱めてくれた。

「何だよ小麗。この体勢、嫌か？」

率直な言葉に小麗は顔を染めながら「嫌とかじゃないけど」と声をひそめる。

「目の前にジンがいないと不安になるの」

「ホント可愛いな、小麗は」

ジンは動きを止めると、中に入れた状態で再び正面に回り込んだ。そして最初と同じように膝の上に乗せてくれる。

しかし、ほっとするのもつかの間。

「きゃっ」

突然、小麗の身体がふわりと浮いた。信じられないことに、ジンがそのまま立ち上がったのだ。必死にジンにしがみつきながら、小麗は身体を震わせる。

「怖いのか？　何かものすごく締めつけてくるし」

もちろんそれは、小麗の腕や手のことではない。

「あ、当たり前でしょ」

こんな恐ろしいことをいきなりされて、怯《おび》えない女性がいるだろうか。

「でもこれが一番奥まで届くらしいぞ」

ジンは上機嫌で小麗をより高い位置まで抱き上げると、そのまま軽く手を離す。

「!?」

ジンの腕の中へ戻る瞬間に、すべての衝撃が結合部分にのしかかる。電撃《でんげき》のような快楽が小麗を焼き尽くした。あまりのことに声も出ない。ジンはそれを繰り返し、小麗はその度に官能の雷《かみなり》に打たれてしまった。処女《しょじょ》を失った途端、こう何度も絶頂を刻まれては身体が持たない。

「俺もさすがに疲れた……」

そう言うと、ジンは勝手に地面に仰向けになった。まだ結合は解かれていないので、小麗が彼の腰の上に座っているような状態になる。

「ちょ、ちょっと」

困ったように小麗はジンを睨《にら》みつける。中にいる彼の一部はまだ固く、小麗も微熱《びねつ》を最後まで解放させてはいない。

「交代だ、小麗。今度はお前の気が済むように腰、動かしてみ?」

小麗の指に自分の手を絡ませながら、ジンは提案した。

「……もう、勝手なんだから」

頬を膨《ふく》らませながら、そっと腰を動かしてみる。彼のものが自分の求めていた箇所《かしょ》を正確にこすり上げた。小麗は驚いてせつない声を上げると、動きを止めてしまう。

「その調子だ」

ジンはまるで他人事みたいに応援している。小麗は再び、ゆっくりと腰を落とし、それからぐっと引き上げる。彼を自分が最も感じる場所へ導くのは、何だか妙《みょう》に照れてしまう。

「そっか、小麗はそこが一番好きなんだな」

やがて手助けでもするように、小麗のぎこちない動きに合わせて下から突き上げてくる。

悔しいけれどジンの言葉どおり、そこが小麗の求めている場所だった。徐々に快楽の虜《とりこ》になっていく小麗は、それにつれて自分の動きがおろそかになっていく。気がつけばジンが主導権を握っていた。力強く、そして絶え間なく下から突き上げられる度に、小麗は悦びに声を上げる。

ジンの表情も真剣みを帯びて恍惚《こうこつ》としてきていた。二人の速度が激しくなっていく。小麗の身体は先ほどから幾度《いくど》となく感極まり疲れ切っていたが、きっとこれが最後の波だ。小麗にはもうそれが分かっていた。

共にそこに行き着きたくて、小麗はかがみ込むと無我夢中《むがむちゅう》でジンの唇を貪《むさぼ》る。愛していると、心から叫びたかった。

「んあぁっ」

中核から貫かれるような衝撃に、自分とは思えない声が出てしまう。

小麗は二、三度大きく全身を痙攣《けいれん》させるとそのまま意識を手放していた。

第三章　金狼の花嫁

白々と夜が明ける頃、小麗《シャオレイ》達は集落に帰ってきた。

ジンは小麗を抱きかかえて寝台まで送り、「ゆっくり眠れ」と言い残して去っていった。

けれど眠れるはずもない。身体は疲れ切っていたが、頭は冴《さ》え冴《ざ》えとしていて興奮が消えないのだ。

ジンが自分に行ったことを何度も繰り返し思い出しては心を熱くしていた。

ジンが好きだ。何度自分の心に問い返してみても、それは間違いのない真実だった。

では自分はこれからどう生きればいいのか。答えはひとつ。ここで、ジンの妃《きさき》として暮らしていく。彼を家族として共に過ごす冬は、きっと暖かに感じることだろう。それはとても素敵なことだと思った。けれど。

(青海《チンハイ》のことだけはちゃんと知りたい。私は紫金国《しきんこく》の皇女だもの、けじめはつけなきゃ)

平民の娘のように何もかも忘れて、恋に走るほど愚《おろ》かに育ったわけではない。やはり復讐は遂《と》げるべきだ、ジンではない誰かに。

たとえその刃《やいば》が紫金国へ向かおうとも、兄の龍飛《ロンフェイ》に頼めば必ずたどり着く気がしていた。

(ジンからも、もう一度詳しい話をきかなきゃ)

彼は何かを知っている。もしくは予想している。そんな気がするのだ。

「姫様」

ふいに包《パオ》の外から声がする。入口を開けてみるとそこには流花《ルーファ》が立っていた。昨日の夕方から消えた主人を心配して寝ずに待っていてくれたのだろうか。流花なら考えられることだった。

「ごめんね、勝手にいなくなって。それよりもどう？　少しは元気になった？」

「はい、もう大丈夫です。姫様のこともジン様とお二人ということでしたので、安心して待っておりました」

そう言いながらも、彼女の顔色はすぐれない。それに少し痩《や》せたような感じもした。

「本当に大丈夫なの？」

心配しながら、小麗は彼女を包《パオ》へ入れて座らせる。

「それよりも姫様、とうとうジン王にお身体をお許しになったのですね」

「……」

思わず頬を赤らめる。彼女には内緒にできないと分かっていたが、それでも話しづらいことに変わりはない。しかし流花の表情が和《やわ》らぐことはなかった。

「あ、でもジンは青海様を殺してないって。だからこれからは一緒に新しい犯人を」

「小麗様」

言い訳のようにたどたどしく言葉を繋《つな》ぐ小麗を遮《さえぎ》って、流花は静かに口を開く。

「……とうとうこの日が来たのですね」

そして小麗の手を取って自分の両手で包み込んだ。

「紫金国に帰りましょう。そして龍飛様のご指示を仰《あお》ぐのです。ジン王が復讐相手ではなかったということは、姫様がメンギルにいる必要がなくなったということでしょう?」

小麗は言葉を失った。流花の言っていることはいつも正しい。正しいけれど、今の自分は従うわけにはいかなかった。

「そんな、待って。お願い。真犯人については、何とかジンからも話を聞くからっ」

必死に食い下がる。そんな小麗の頬を、流花は眉根《まゆね》を寄せながらそっと撫でた。

「おいたわしい姫様……彼らに騙《だま》されてはいけません。姫様のお立場を利用して草原を統

「しようとしているだけ」

「そんなことないよっ。ちゃんと愛しているって、言ってくれた……」

流花の穏やかな瞳を見ていると、その言葉は何も響いていないことが分かる。どうして良いか分からなくなった小麗に、流花はそっと言って聞かせた。

「ですが、わたくしは姫様の忠実なる従者です。姫様のお幸せを願って一生懸命《いっしょうけんめい》に助言はさせて頂きますが、最後にお決めになるのは姫様自身なんですよ。わたくしはそれに従いますゆえ」

「……流花」

決して口には出さないが、彼女は紫金国に帰りたがっている。それは小麗にもよく分かっているつもりだった。復讐のすべてが終わって、気持ち良くジンの妃《きさき》となれた暁《あかつき》には、流花だけを紫金国に帰そうと心の中で誓《ちか》う。

けれどそれまでは、たとえ我が儘《まま》だといわれようとも側にいて欲しかった。

(ごめんね、流花。いつも甘えてばかりで)

思い悩んでいるような彼女の横顔を見ながら、小麗はそっと手を合わせていた。

ジンと二人っきりでゆっくり話せる場所といえば、やはり寝台の上しか思いつかない。今夜も彼は小麗の幕にやって来た。その気配を察して小麗は顔を上げる。早くあの結合感を味わいたくて、はしたないと自分を戒《いまし》めながらも胸の高鳴りを抑えることができない。

毎晩、触れられるだけでどこにも到達しなかった頃「それではお互いお辛いでしょうに」という流花の言葉の意味を今さらながら理解する。

「疲れていると思って遠慮《えんりょ》しようともしたが、気持ちを抑えきれずに来てしまった。こんなことでは、またギオルシュに叱《しか》られる」

「ギオルシュに?」

「あいつさ『小麗様は女性ですからジン王様とは身体の造《つく》りが違います。もっと優しく丁《てい》寧《ねい》に扱わないとご負担になりますよ』って偉そうに注意すんだよな」

その口調がよく似ていたので、小麗は思わず吹き出してしまう。ギオルシュの心配しているとおり身体は疲れ切っていたが、心はジンを欲している。彼も同じ気持ちでいたことを素直に嬉しく思った。それでも、唇を尖《とが》らせてわざとそっぽを向く。

「別にいいけど。昨日みたいにずっとは嫌よ?」

ジンが嬉しそうに寝台に上がってきた。衣を脱がされる手に、甘やかな予感がして身体中に歓喜《かんき》が湧き立つのが分かる。しかしそれを押し殺して、小麗は「その前に」と手を払いのけた。

「教えて。青海の殺害を依頼した紫金国の人間は誰なの？」

ジンの手が止まる。

気持ちが折れる前に、小麗はたたみ掛けるように続けた。

「知ってるんでしょ」

本当は早く抱いて欲しい。それでも自分だけが心を躍《おど》らせて快楽を味わっているわけにはいかなかった。紫金国の皇女としての矜持《きょうじ》もある。それ以上に流花の悲しげで誠実な瞳が小麗を追い詰めていた。ジンは思案するようにしばらく天を仰ぎ、こちらへ向き直ると、

「俺は嘘が嫌いだ。特に仲間や家族、愛する人には可能な限り本音でぶつかりたい」

「……」

「だから正直に言おう。小麗の思っているように、俺には許嫁殺しの真相が見えてきている。だがそれは小麗の知らなくて良いことだ。俺は何も言わない」

「そんな……！」

それでは困る。流花に申し訳が立たないではないか。言い返せない小麗を見ながら、ジンは胡座《あぐら》を組んで頬杖《ほおづえ》をついた。

「そんな思い詰めるな。何も今さら知る必要もないだろう」

「必要ならあるわ。だって私は復讐目的でメンギルに嫁いで来たのよ？」

「……そして恋に落ちた」

ふいに唇を攫《さら》われる。その甘い誘いに乗せられそうになって、小麗は慌てて彼の胸をはねつけた。

「私はね、真面目なの。ジンみたいにいい加減で大雑把《おおざっぱ》に、過去を流すことはできない」

ジンが呆《あき》れたように肩をすくめて見せる。

「確かに小麗の許嫁はジャムカが殺したのだろう。前にも白状したように、俺には心当たりがないからな。けれど壁のこちら側の民としては俺達も同じ立場だ。小麗には悪いが、今さらそのことで奴を罰《ばっ》しようとは思わない」

「だから！　タタールは殺害を依頼されただけなの。恐らく首謀者《しゅぼうしゃ》は紫金国に……」

「小麗」

いつになく厳しい声で、ジンが言葉を遮《さえぎ》る。見上げると真剣な顔つきでこちらを見つめる彼の黄金の瞳があった。

「それじゃあ紫金国の人間に復讐するつもりか？　これ以上過去に囚《とら》われるな。醜《みにく》いぞ」

醜い、といわれて小麗は傷つく。ひどい。自分はただ真実を知りたいだけだ。何のしこりもなく、メンギルで生きていくために――しかし気持ちを上手く言葉にすることができず、ただ唇を噛むばかりだった。そんな小麗の様子を見て「それとも」とジンは怒ったように腕を掴《つか》む。いつになく強い力だった。

「許嫁のことを忘れられないとでも？　そいつのことをまだ愛しているのか」

「……」

愛している、という感覚とは全然違っていた。ジンを、本当に愛する人を知った今ならば分かる。青海はとても優しかったけど、小麗に心を開いてくれていたわけではなかった。

本当の小麗を見ようともしていなかったし、表面的で浅はかな関係だったからこそ穏やかで喧嘩《けんか》のひとつもしなかったのだ。自分はそれを愛だと信じ込み疑《うたが》いもしなかった。許嫁という立場から一歩下がって彼を見てみると、そこには何の信念もなく小麗の我が儘《まま》に付き合うだけの軽い男が浮かび上がる。

殺されるときに泣きじゃくったという彼の様子を、今ならば容易《ようい》に想像することができた。しかし、だからと言って嫌いになれるわけじゃない。彼がどういう人間であれ小麗に優しかったのは真実だ。心から愛を捧げる人ではなかったけど、長年共に紫金国で暮らした友として、やはり死の真相は知るべきだと思うのだ。しかし。

「俺は所詮、壁向こうの姫様の慰《なぐさ》み者ってわけか」

ジンの自虐《じぎゃく》的な言い方に、小麗はさらに傷ついてしまう。

自分なりに悩《なや》んで悩んで、やっと結ばれた愛だったのに、捧げた想いだったのに。

(そんな風に、軽く受け取られるなんて!)

小麗の頬に一筋《ひとすじ》の涙《なみだ》が流れ落ちた。

「……ひどい……あんまりよ!」

そのまま両手に顔を埋《う》めて、小麗は泣き出してしまう。昨日の彼なら、いや、それまでの彼でさえ、こういうときには慌てて慰めてくれたはずだ。しかし、いつまで待ってもジンの温かい手が小麗の頭を撫でてくれることはなかった。

(どうして!? なんでなのよ)

昨日までのジンと違う。そのことが小麗の不安定な心を激しく揺らし、たったひとつの真実の愛をいとも簡単に難破《なんぱ》させてしまった。

小麗の口は、ただ大切な人を傷つけるためだけに心にもないことを紡《つむ》ぎ出す。

「そうよね、私がどれほどあの人のことを愛していたか、ジンは知らないんだもの。だから簡単に忘れろなんて言えるんだわ。でも私には絶対に無理。それに私は紫金国の皇女なのよ? 誇《ほこ》りある皇族の血を忘れて恋に走ることなんてできない」

「受け継がれる血などに意味はない。小麗は今、ここで生きている。それでいい!」

射貫《いぬ》かれるかと思うほどきつい眼差《まなざ》しで、ジンがこちらをみている。小麗は恐ろしくて目を逸らしてしまった。また新しい涙があふれ出てくる。心にもないことばかりしゃべってしまう自分を、どうしていいか分からなかった。

「私は復讐を胸にこの草原に来たの。それなのにジンが何も話さないつもりなら、もうここにいる意味はない。祖国《そこく》に帰って、兄上と一緒に真相を突き止めてみせるわ」

言ってしまった。心の中では、真実は違うと血を吐くような叫びが響いている。長い長い沈黙《ちんもく》が包《パオ》の中に流れた。

しばらくして――ジンはあっさりと手を離した。

「いいだろう。好きにしろ」

こちらを見ようともせず、さっと寝台から降りると真っ直ぐに出口へと向かう。

怒っているのだろうか。当然、そうに決まっている。わざと怒らせるような言葉ばかりを選んで並べ立てたのだから。

(どうしよう……)

止める術《すべ》を持たぬまま、小麗は愛しい人の背中を見送った。ジンはそのまま振り返りもせずに包《パオ》を出て行ってしまう。

「……!」

小麗は寝台に突っ伏して大きく息を吐いた。彼に触れられた唇が火のように熱い。突然の出来事に心は冷えてしまっているのに、身体だけがジンの指先を求めて慟哭《どうこく》している気がした。火照《ほて》った身体を持てあましながら、小麗はひとり風の音を聞いていた。

翌日。


小麗は泣きはらした目で流花の包《パオ》を訪ねていた。

あれからジンの姿は見かけるものの、彼は冷たく目を逸らすばかりだ。その度に小麗の心は血を流し、張り裂《さ》けんばかりの激痛に悲鳴を上げている。絶え間ない苦しみに心も身体も疲れ果て、この状況から逃げ出せるなら何だってする気持ちになっていた。

「男というものは釣った魚に餌《えさ》はやらぬもの。一度抱いたぐらいで、姫様のお心を手にいれたと信じ込んでおられるのですわ」

流花が憎々しげに教えてくれる。果たしてそうなのだろうか。

「もう我慢ができません。姫様、ここを去りましょう。万魂《ばんこん》の壁までいけば、紫金国の兵士がいます。そこまでたどり着けば祖国に帰ったも同じ。ジン王も仰《おつしやつ》ったのでしょう? 好きにしていいと」

「そんな、だって同盟はどうなるの」

慌てて顔を上げると、流花は安心させるように微笑んだ。

「それについては龍飛様から許可を得ております。姫様が辛い目に遭《あ》っているようならば、いつでも祖国に帰ってくるようにと」

「！」

なんと優しい兄だろう。小麗は突然、帰りたくなった。ジンを愛することは素晴らしい体験だったが、その代償《だいしょう》はあまりにも大きすぎた。彼に心を開いて結びついてから、ずっと傷つけられてばかりだ。逃げ出せるならば逃げ出したい。

今は兄の、優しい腕の中が懐《なつ》かしかった。

「よろしいでしょうか、姫様？」

小麗は無意識のうちに、ゆっくりと頷いていた。もういい。もうたくさんだ。ジンは小麗が今まで生きてきた中で、心の一番深いところまで入り込んできた人だった。

だからこそ心の一番深い、簡単には癒《い》えない柔らかな場所を踏みにじる。

(きっとジンにとっても、私なんて物珍しい壁の向こうの姫でしかなかったのよ)

そう思うと、ふと心が軽くなった。

「そうと決まれば早い方が良いでしょう。今宵にでも出発しますよ」

ようやくいつものてきぱきとした流花が帰ってきた。小麗は以前のように何も考えず、彼女の指示に従っていればいい。それが一番楽で、良いことなのだ。自分のような何もできない人間が、余計なことを考えるからこんなにも無様に傷ついてしまう。

夜が更けるのを待って小麗はそっと包を出た。流花とは集落の外で待ち合わせている。

(役には立たないかもしれないけど)

武器庫になっている包《パオ》から、いつも訓練のときに使っていた短刀を引っ張り出す。最近、全然手入れしていないので、所々さび付いていた。

以前ギオルシュに習ったとおりに、油を染みこませた牛の皮で刃先を研《と》ぐ。

「感心ですね。武器は手入れも腕前のうちですから」

顔を上げるとギオルシュがいた。

「！」

さりげなく、手入れをさぼっていたことを指摘されたような気がする。

「こんな夜更けにどこへ行かれるのです？」

「えと。流花と一緒に遠乗りに……その、眠れなくて。また変なのに捕まったら、これで戦って逃げてこなくちゃ」

えへへ、と不自然に笑う小麗に、ギオルシュは呆《あき》れ顔で片眉《かたまゆ》を上げた。

「その前に捕まらないで下さい」

近くに待機している馬に小麗の荷物を括《くく》りつける手伝いをしながら、ギオルシュは静かに口を開く。

「とうとう祖国《そこく》へ帰られるのですね」

「!?」

「失礼ながら、元気のないジン王様から強引に聞き出しました。止めるなとの命令ですので、お引き留めすることはできませんが」

ギオルシュの言葉に、小麗の胸に鋭い痛みが走る。ジンにはもう、未練《みれん》など微塵《みじん》もないのだ。自分は今でも揺れ動く心をやっと抑えているというのに。

「小麗様。ですがひとつだけ、お心にとめて頂きたいことが」

「何？」

「何度も言いますが、どうか流花殿にはお気をつけ下さいませ」

流花も同じように、ギオルシュには心を許すなと散々忠告してきている。小麗からすれば、二人とも立派な人間で欠点などどこにもないと思うのだが。

（お互い、相当仲が悪いのね）

穏《おだ》やかだけど奥手そうなギオルシュと艶《つや》やかな魅力溢《あふ》れる流花は、年齢的にもお似合いだと勝手に思っていた。ジンと自分の横で、二人が幸せそうに微笑んでいる様子を想像していたこともあったのだが――。

(それも全部、今日までなんだ。明日には、私はこの場所にいない……)

そう思うとたまらなく寂しい。ほんの短い間だったけれど、メンギルでは本当に色々なことがあった。人々はみな親切で、飾《かざ》らない生活はとても充実していて楽しかった。

それでも今は、紫金国に帰りたい気持ちが勝っている。

ジンに冷たくされることは、何にも代え難《がた》い苦しみであり激しい痛みだ。小麗にはこれ以上耐えられない。誰でもいいから、この辛《つら》さから助け出して欲しかった。

(だからこれでいいのよ)

本当の恋を知ったばかりの小麗には、その胸の痛みこそ、かけがえのない愛の証なのだと知るすべもないのだった。

空に大きな月を頂く草原を、二頭の馬が突っ切っている。

小麗と流花は、万魂の壁へと向けて真っ直ぐに突き進んでいた。

「さっき流花に気をつけろってギオルシュに言われたのよ」

走りながら、小麗は器用に手綱をさばいて流花の横につける。これぐらいは簡単にできるほど、馬の扱いには慣れてきていた。

紫金国に帰ったら兄の龍飛にも見せてあげないと、と小麗は思う。きっと驚《おどろ》くだろう。

「あの男、出身はメンギルではないそうですよ」

流花が前を向いたまま、口早にそう言った。

「え？」

「少し調べてみたのです。ギオルシュは草原の民などではなく、どこかの国から逃れて彷《さ》徨《まよ》っていたのをジン王が拾ったのだとか」

「そうなの!?」

驚く小麗に、流花は厳しい顔を向けた。

「十年ほど前の話だそうです。ギオルシュという名もジン王が与えたのだとか」

彼が草原の民ではない。言われてみれば、独特の優しい物腰や貴公子然《きこうしぜん》とした心遣いはメンギルの男らしくはない。草原の民を象徴《しょうちょう》しているジンとはほぼ対照的だと言っていい。

小麗の脳裏にふと、恐ろしい仮説が浮かび上がる。

もし彼が紫金国の人間だったとしたら？　理由は分からないが、青海や自分の暗殺を密かに計画してタタールに依頼していたとすれば。

（だからジンは言わなかったの？）

突然浮かんだ、突拍子《とつぴようし》もない考えを慌てて否定する。

ギオルシュの優しい笑顔が偽物《にせもの》のはずがない。だけど、なぜ流花はそんな話を今ここで打ち明けるのだろうか。流花に気をつけろと言ったギオルシュ。ギオルシュに気をつけろと言った流花。二人の顔が小麗の頭の中で駆け巡る。

そうしている間に、馬は万魂の壁に行き着いた。果てなく続く美しい草原を裂くように、無粋《ぶすい》に打ち建てられたこの壁を、小麗は前ほど好きになれない。

「ここまで来れば一安心ですよ。壁の向こうにはもう、紫金国の兵士が待っているはず」

壁には大きな鉄製の扉があった。恐らく、そこを開けてもらう手筈なのだろう。馬を降りて、扉のある壁の側まで歩み寄る。その時だった。

「お待ち下さい」

聞き覚えのある声がして、壁の陰からひとりの男が浮かび上がる。ギオルシュだった。いつもは穏《おだ》やかな彼には珍しいほどの、険《けわ》しい眼差《まなざ》しである。

「ギオルシュ！」

どうしてここに、不吉な予感に動悸《どうき》を抑《おさ》えながら問う。彼からは軽い会釈《えしやく》が返ってきただけだった。ギオルシュの鋭い目線は再び、小麗の背後にいる人物に注がれる。

「流花殿。あなたの考えは分かっている。我がメンギルの同盟維持《いじ》のためにも、あなたの思いを遂げさせるわけにはいきません」

「おのれ！　貴様、やはり最初から人のまわりを嗅《か》ぎまわっていたなっ」

聞いたことのないような怒声を上げながら、流花が素早く腰の短刀を抜いた。

「ちょ、流花ったら」

慌てて小麗は止めに入る。タタールの傭兵《ようへい》達を打ち倒していた彼を流花は見ていないのかもしれないが、ギオルシュはものすごく強いのである。たとえ流花に武術の心得があったとしても、絶対に勝てる相手ではない。ここは何としてでも自分が中に割って入り、いつも助けられてばかりいる流花を救わなければ……しかし。

「！」

小麗は突然、何者かに後ろに手を摑まれ強い力で引き戻される。よろけた拍子に倒れ込んだのは、なぜか流花の腕の中だった。

(アレ、これってどういう!?)

にわかには状況が飲み込めない。が、首筋にいやに冷ややかな刃物《はもの》の恐怖を感じていた。

なんと、流花に短刀を突きつけられているのは——。

小麗自身だったのだ。

「流花!?」

まったくわけが分からない。当然、何かの間違いだと思った。それとも、これはギオルシュを倒すための演技か何かなのだとも。しかし。

それら一縷《いちる》の望みを打ち砕くかのように、流花の血を吐くような声が響く。

「わたくしとて小麗様を殺したくはないっ！　しかしメンギルの腰抜け王が手を下さぬから、悪いのだ」

「己の醜い裏切りを、我らメンギルのせいにして欲しくないですね」

依然、厳しい表情のままギオルシュがゆっくりと距離をつめていく。小麗に当てる刃先が震えており、流花の激しい動揺《どうよう》が伝わった。彼女が余裕のない精神状態であることが痛いほど伝わってきて、小麗は息を飲んだ。

（本気、なんだ）

そう思った途端、背筋がすっと冷めていく。本気で流花は、自分を殺そうとしている？

（でも何で……どうしてこんなこと……）

流花、と心の中で叫ぶ。彼女の行動がまったく理解できなかった。

ギオルシュはすべてを承知《しょうち》であるようだったが、流花とはまったく対照的にいつもの静かな口調で追い詰めていく。

「メンギルに着いたときから流花殿の行動は不自然でした。小麗様の未熟《みじゅく》な腕前を知っている貴女が、なぜ勝てるはずもない相手の暗殺を許したのですか」

「……っ」

「逆上したジン王に小麗様を殺させるため――違いますか」

沈黙が流れ、流花が身を固くするのが伝わってきた。小麗は、何だかいたたまれなくなって何も言わない流花の代わりに激しく首を横に振る。

(違うわよ、そんなのデタラメだわ)

全部嘘《うそ》に決まっている。流花はただ、復讐を果たしたいと強く願う小麗の気持ちを優先して見守ってくれていただけだ。それなのにギオルシュは、なんて意地悪なことを言うのだろう。自分の身に起こったことを受け止めきれない小麗は、思わず目の前のギオルシュに腹を立てていた。

しかし彼は態度を改めることなく、言葉を続けていく。

「やがて暗殺云々が失敗だと分かると、今度はさりげなく小麗様を遠出に誘い出し、前もって連絡を取り合っていたタタールに襲わせた。これもあなたの仕業《しわざ》ですね」

知らされる事実に小麗はさらに驚愕《きょうがく》した。流花がタタールと連絡を取り合っていた？

(まさか……嘘だよね、流花)

後ろ手を組み敷かれているので、流花の様子をうかがい知ることはできない。彼女はいま、一体どんな顔でギオルシュの言葉を聞いているのだろうか。

「私は何度も、流花殿を小麗様から引き離すように訴えました。そしてタタールでの誘拐《ゆうかい》の後には殺すことすら勧《すす》めたのです。が、ジン王はあえて堪《こら》える道を選ばれました」

ギオルシュは目を細めると、我がメンギル王の言葉を誇らしげに伝える。

「流花殿が、妃の殺害《さつがい》という命令を受けているのは間違いないだろう。妃を危険にさらしたことは許せないが、たった一人の従者を信じて切っている小麗様のためにも気付かぬ振りをせよと」

それに、とギオルシュの瞳が流花を捉えた。

「流花殿の心は揺れている。そんな貴女が最終的に正しい道を選ぶためには、小麗様の素直なお心が側にあることが必要なのだとも仰った」

「……」

背後で流花が息を飲んだのが分かった。そして小麗も同じように、目を大きく見開いたままジンのことを想っていた。

ジンの艶《つや》やかな黒髪と煌《きら》めく黄金の瞳を。温かな腕と安らぎの胸、屈託《くったく》のない笑顔に凜《りん》とした立ち姿を——彼がそれほどまでに、自分のことを見守ってくれていたなんて。

（ジン！）

こみ上げてくる熱い想いに、胸が詰まりそうだった。ジンの気持ちが嬉しくて涙が溢れそうになる。けれど、そんな彼に対して自分が取った行動や浴びせた言葉を振り返ると、小麗は胸が張り裂けそうに痛んだ。自分はなんて愚かなんだろう。謝っても謝りきれない。

「止める機会は何度でも与えたはずです。それなのに貴女は……大切な姫君をここへ連れて来てしまった。小麗様はもう、生きて紫金国に帰ることなどできないのに」

「うるさいっ」

流花は叫び、小麗の首筋に当てていた短剣を振り上げる。ジンへの想いに浸っていた小麗は、避ける間もなくただ光る短刀を見上げるばかりだった。

「っ！」

動けない小麗と違って、ギオルシュは的確に機会を捕《とら》えていた。流花の行動は激しい動揺の果ての暴挙《ぼうきょ》である。その分、彼女に隙が生まれる。それを彼が逃すはずがなかった。

「小麗様」

彼は大きな声で名を呼ぶと、流花に囚《とら》われていた小麗の腕を強く引く。身体がぐらりと揺れて、小麗はあっけなく地面に転がった。

（い、痛ぁ！）

その拍子《ひょうし》に思いっきり腰を地面に打ってしまうが、剣で突かれるよりかはマシだと慰《なぐさ》めてみる。涙で歪《ゆが》んだ視界には、ざっと砂煙を立てるギオルシュの靴《くつ》が映り込んでいた。

彼は、小麗を背中で庇《かば》うように流花の前に立ち塞《ふさ》がる。流花は手にした短刀をしっかりと握り直すと、間髪《かんぱつ》入れずに切り込んできた。さすがに小麗よりかはずいぶん洗練《せんれん》された戦い方だったが、それでもギオルシュ相手では分が悪すぎる。剣先だけで軽くあしらわれ、流花は苛立つように叫んだ。

「おのれ、姫様を返せっ」

「そのような言動はもう、流花殿には許されません」

ギオルシュにしては珍しいほどの厳しい声が飛んだ。見れば彼の顔からは一切の表情が消え、怒りを孕《はら》んだ静かな佇《たたず》まいが逆に恐ろしい。

その姿は青白い炎を思わせた。ギオルシュは今、心底怒っているのだ。

(どうしよう……流花がギオルシュに傷つけられるなんてヤだ……！)

自分に刃が向けられたことも忘れ、小麗は身体を震わせた。敵を冷酷《れいこく》に仕留める戦士の貌になっているギオルシュは、射貫くような鋭利な眼差しで流花を見ている。

「一体、何が貴女を突き動かしているのです？　紫金国への想いですか」

ギオルシュの問いに、流花は黙して答えなかった。小麗は流花の方へ視線を向け——。

「！　流花……」

そのときの流花の顔を、小麗はずっと忘れないだろう。

彼女の瞳はやるせなく潤《うる》んでいるにもかかわらず、そこには揺るぎのない信念が漂《ただよ》っていた。女がこんなにも、強くて儚《はかな》い表情をするときの理由はひとつ――。

(流花、誰か好きな人がいるんだ)

ジンとの恋に目覚めてしまった小麗には、それが分かる。流花が恋をしている相手は誰なのか。今のところ見当もつかないが、それでもこれでいいはずがない。

(何とかギオルシュを止めないと)

小麗は痛む肩を押さえて立ち上がった。たとえどんな理由があろうとも、絶対に流花は殺させない。それは小麗なりの譲れない決意だった。

(でも一体、どうしたら?)

自分にできることなど、情けないほど限られている。その時だった。

「!」

突然大きな地響きをたて、万魂の壁の鉄門が開かれる。巻き上げられた大量の砂煙の向こうに、数十人もの兵を引き連れた男が馬に乗ってこちらを見ている。その姿に見覚えがあった小麗は、嬉しさと安堵《あんど》で思わず声を上げた。

「兄上!」

皇族専用の軍服に身を包んだ兄の龍飛である。手には彼の得物である矛《ほこ》が握られていた。

小麗はあまりの懐かしさに痛みも忘れて転がるように駆け寄る。

「迎えにきたぞ、小麗」

馬上から見下ろしながら、龍飛が力強く微笑んで見せた。

(良かったぁ……！)

小麗は心からほっとして、強ばっていた顔を緩《ゆる》ませる。

流花がなぜ自分を殺そうとしたのかは相変わらず謎《なぞ》だったが、ひとまずこれで助かった。

流花はギオルシュの手にかかることなく、自分も無事に紫金国に帰ることができるだろう。

(あとは、ギオルシュを傷つけないように兄上にお願いしなければ)

いくら北の蛮族嫌いの兄でも、ギオルシュはメンギルでの生活で小麗の学師《せんせい》だった人だ。

話せばきっと、兄もわかってくれるはず。それにジンのことについても、まずは誤解を解かなければいけない。真犯人捜《さが》しはそれからだ。

「失態続きだな、流花」

自分なりに必死に策《さく》を練《ね》っていた小麗は、一瞬、兄の言葉を聞き流してしまう。

(あれ？　今、兄上はなんて言ったの？)

失態？　流花が？　それはどういう意味なのか。いや、意味など分かりたくもない。何も分からないし、信じられない。

兄の言葉も、自分に突きつけられた兄の矛も――――！

「お前には散々機会を作ってやったというのに」

動揺する小麗には一切目もくれず、龍飛は真っ直ぐに流花を見つめながら言い放った。

「私への愛はその程度だということか」

「いえ、違いますっ。お待ち下さい、龍飛様！」

取り乱した流花は、がむしゃらにギオルシュへと向かっていく。しかし逆に手首を強く打たれて、剣を取り落としてしまった。

「ううっ」

手首を押さえ、地面に這《は》いつくばりながらも流花は剣まで指を伸ばし、今度はその先にいる小麗を睨みつけた。いつもの流花からは想像できないほど、哀《かな》しく痛々しい姿だ。

「龍飛様、わたくしはご命令には従いますっ。必ず姫様を殺しますゆえ」

血を吐くような叫びに、小麗は耳を覆いたくなった。流花には好きな人がいる。そして先ほど兄は「私への愛」と言った。ということは、流花が心を捧げていた相手は龍飛だったということか。

（そんな、そんなことって……！）

彼への愛が小麗に刃《やいば》を向けさせた——？　そして「失態続きだ」という兄の言葉。流花を使い、自分を殺そうとしていたのは兄の龍飛だとでもいうのだろうか。まさか。

（まさかそんな恐ろしいこと）

小麗は冷えた指先をぐっと握り締める。自分に向けられた矛の恐怖など消え去っていた。何というひどい話だろう。自分のせいで流花が苦しんでいる。それなのに、必死な彼女を龍飛はにべもなくただ見下ろしているだけだった。

そこには温かみも安らぎもない、これもひとつの愛の形だと言うのか。

「もうよい。お前には失望した。お前にできることはただひとつ、秘密を守るために死ね」

止める間もなく、龍飛の手から矛が放たれる。矛は見事な放物線を描き、地面に這《は》いつくばっていた流花の肩を刺し貫く。

「！」

彼女は声すら上げなかった。ただすべての終焉《しゅうえん》に安堵するような表情で、うっとりと瞳を閉じていく。

「流花！」

小麗は悲鳴のように大切な従者の名を呼んだ。しかし大地にうつ伏せになったままの流花は顔を上げない。

「いやぁぁぁぁ」

小麗の絶叫が万魂の壁に響く。流花の元へ走り出そうとしたが、素早く龍飛に腕を摑まれてバタバタと暴れることしかできない。代わりにギオルシュが駆け寄って彼女に刺さった矛を抜き、血が溢れる傷口に自分の衣を裂いて巻きつけている。

「しっかりして下さい、流花殿っ」

ギオルシュの呼びかけにも、流花はまったく反応していない。小麗の全身の血がにわかに逆流した。

「なんでっ⁉　どうしてよ、兄上っ」

怒りが一気に爆発し、馬上の龍飛に食ってかかる。それ以上は言葉にならなかった。龍飛は妙《みょう》に穏やかな眼差しで、こちらを見下ろしていた。

「すべての原因はお前だ、小麗」

「⁉」

「お前の中に流れる血が、私にはとても邪魔なのだ。だから私は」

龍飛は不気味にも、優雅《ゆうが》に天を仰《あお》いで気持ち良さそうに目を細めた。

「青海を殺し、お前の大切な従者を殺し、そしてお前も殺す」

天からゆっくりと戻ってきた眼差《まなざ》しは狂気に満ちていて、怯える小麗にだけ注がれる。

「青海を……殺した……？　じゃあタタールに殺人を依頼したのは」

「私だ」

兄の言葉に背筋が寒くなる。なんてことを、と口の中で繰り返すが声にはならなかった。

龍飛は憎々しげに万魂の壁へと目を向けると、軽く舌打ちをする。

「青海め、信念も野心もない空《から》の男だと見込んで小麗をあてがってやったのに。大臣どもの入れ知恵に乗りやがって」

意味が分からず唖然《あぜん》としている小麗に、龍飛はわざとらしく微笑む。

「大臣どもは昔から、次の皇帝が私であることに不満を持っているのだ。私の身体には、身分の卑《いや》しい血が半分流れているらしい」

「でも！　兄上はすでに第一帝位継承者でしょう？　女の私など関係ないはず」

ありったけの知識を思い出しながら、小麗が反論した。

「そうでもない。私の母は側室だ。だが小麗は歴とした正室の娘。その小麗の夫には、側室の長男と同等の帝位継承権が与えられるのだ。もちろん、最初は青海もその権利を放棄すると約束して婚約した。だが、婚礼まであと一年に迫ったある日。あいつは、この私に向かって権利を放棄しないと言い出しやがった……！」

権力への欲望を隠そうともしない龍飛には、皇族としての気品など微塵も感じられない。

小麗はこころの奥がすうっと冷えていくのを感じていた。

「だから殺したの？」

小さな低い声で確認する。小麗に向けられた兄の不敵な微笑みは肯定《こうてい》の証だった。

「金で動くタタールどもには、以前から様々な殺人を依頼していた。奴らにとっては青海など造作もない。しかし厄介なのはお前の方だった」

青海を消しても、小麗の新たな夫は同じように龍飛の脅威《きょうい》となる。しかし同じように第一皇女を暗殺されたとなると、それは国の権威にもかかわる重大事件へ発展してしまう。足がつく恐れもあった。

だから龍飛は言葉巧《たく》みに小麗を復讐へと駆り立てて、ジンの元へと嫁《とつ》がせたのだ。それならば婚礼を同盟の道具として考えていた皇帝の意思にも反することなく、復讐に失敗するだろう小麗もジンの反撃によってこの世から消し去れる。

「すべては私が無事に皇帝になるため。紫金国の安泰《あんたい》のためだ」

利己《りこ》的な言い訳に、返す言葉すら見つからない。兄は本気で、そう思い込んでいるのだろうか。なんと恐ろしく歪んだ思考なのだろう。

「安泰を口にしながらも、同盟は気に入らないというわけですか」

ふいにギオルシュの声が、龍飛と小麗の間に割って入った。はっとしてそちらを見ると、意識のない流花を抱えながら静かに視線を向けている。

「紫金国の至宝と可愛がられてきた小麗様を殺せば、いくらメンギルが理由を説明したところで、皇帝は問答無用で同盟など破棄《はき》されるでしょう。あなたにとっては一石二鳥だ」

龍飛はさも馬鹿にしたような顔で、

「草原の野良犬どもが」

とギオルシュに向かって吐き捨てた。

「老いぼれて気弱になった皇帝の隙《すき》をついて、我ら気高き紫金国と同盟を結ぼうなど厚かましいにもほどがある」

「いいえ、紫金国皇帝のご判断は正しいと思われます。今、同盟を結んでおかなければ、草原を統一して何倍にも膨《ふく》れあがったジン王の軍勢は防げませんよ」

ギオルシュの言葉に、龍飛はいきり立つ。そんな二人の緊迫《きんぱく》したやり取りを聞きながら、小麗は考えていた。

(あまり詳しいことは分からないけど……)

ギオルシュの方が正しいような気がした。ジンは繰り返される草原の戦いの中で、打ち倒した敵兵を滅ぼしたりはしていない。メンギルの民として大切に迎え入れながら、着実に兵力増加へと結びつけているのだ。それで紫金国を狙われたらひとたまりもない。

　一方、戦らしい戦などもう何百年も行われていない紫金国は、形ばかりの兵士はおいているものの、もはやメンギルの敵ではないだろう。未だに壁さえあれば大丈夫だと思い込んでいる龍飛の考えこそが愚《おろ》かで浅《あさ》はかに思えた。

「下らぬ話は終わりだ。どうせすべては私の思い通りになる」

　そう言うと、龍飛は小麗を突き飛ばし、ギオルシュの方へと投げて寄越す。

「きゃっ」

　流花を片手で抱いたままのギオルシュは、何とか逆の手で小麗を受け止めて、素早く自分の背後へと隠す。しかしそれは解放を示すものではなく、まったく安堵できる状況ではなかった。

「貴様らすべてを殺す。それで終わりだ」

　龍飛の言葉を待っていたかのように、彼の後ろに控《ひか》えていた数十人もの兵士達が武器を鳴らす。

「あとは貴様ら三体の遺体《いたい》を持ち帰り、適当に話を作れば済むことだ。そこのメンギルの男は、私が討《う》ったことにしてな」

「！」

　絶体絶命《ぜったいぜつめい》だった。ギオルシュ一人でどうにかなる数ではない。意識のない流花を腕に抱

きながら、小麗を背中でかばう彼は、そっと振り返って、

「大丈夫ですから」

といつもの落ち着いた声で励ましてくれるが、それがただの慰めであることぐらいは目の前の状況で判断できる。

小麗は覚悟を決めていた。聞きたくもない真実を次々と知らされた小麗の心は、ズタズタに切り裂かれ瀕死の痛みに喘いでいた。もうこれ以上、生きていく力など残っていない。ただ、呪われた自分の運命にギオルシュや流花を巻き込んでしまったことが申し訳なくて胸が痛かった。そして、もうひとつ心残りなのは。
(ジン)
会いたいと想っていた。今さらなんて勝手なお願いだろうと、自分でも呆れる。けれど、どうしても諦《あきら》めることができないのだ。死の瞬間を間近に感じている今でさえ、心は聞き分けなく叫び続けている。ジンに、会いたいと。

「始末しろ」

草原に龍飛の低く不気味な命令が響いた。兵士達の波が大きく動き——兵の軍勢の中からスッと一人が馬に乗って龍飛の横につけ、音もなく長剣を抜いた。

「!?」

ふいに小麗の心が何かを感知した。まさかそんな。あり得ない。けど。

「ジン！」

小麗が声を上げるのと、ジンの長剣が龍飛の胸元に当てられるのが同時だった。龍飛が声もなく驚愕している。ジンは重そうに紫金国兵の冑《かぶと》を脱ぎながら、

「こんなの着て戦ったら、重くて馬が可哀想だ」

などと脳天気な感想をこぼしていた。冑からこぼれ落ちる艶《つや》やかな黒髪。鋭くも温かさに満ちた黄金の瞳――間違いない。それはジンだった。

「貴様ァ、どういうつもりだ⁉」

逆上している龍飛に対して、ジンは落ち着いた様子で答える。

「このまま大人しく紫金国へ帰れ。俺の目的はお前の殺害ではない。同盟を守ることだ」

「下らぬ。たった二人のメンギル人で一体、何ができる？　たとえ私を殺しても、すぐに残りの兵達が貴様を殺すぞ。同盟を守って大人しく兵を引かせるなど不可能だ」

「……そうかな？」

ジンの無言の合図に、突然大地が揺《ゆ》れた。

「⁉」

夜の闇の中から何百人ものメンギル兵が立ち現れる。風がざわめき、草原の草がいっせ

いにたなびいた。彼らは黙《もく》したまま乱れもなく、王の命令をじっと待っている。

あまりの光景に小麗は息を飲んだ。辺り一帯を埋め尽《つ》くす草原の戦士達。

ジンは呆然としている龍飛に向かって、顎《あご》で鉄門を指し示した。

「分ったら大人しく檻《おり》の中に帰れよ？　紫金国で言われているように、壁のこちら側は野蛮な草原地帯――あんたらの命を保証してくれるものは、もう何もない」

ジンの不敵な笑いに、紫金国の兵士達に怯《おび》えが広がっていくのが分かった。

「……！」

龍飛が悔《くや》しげに唇を噛《か》む。そして顔を上げて、後ろの兵達に命じた。

「さがれ。ここは一旦《いったん》、引くぞ」

龍飛の態度に納得すると、ジンはあっさりと長剣を柄に収める。そして彼に向かって余裕の笑みを向けた。

「今の皇帝が在位している限り、メンギルは同盟を維持する。だが安心しろ。お前がその汚い手で帝位を継いだときには、ご希望どおりにこの壁を越えて紫金国へ攻め入ってやるよ。そのときまで精々爪《せいぜいつめ》を研いでおくんだな」

一陣《いちじん》の風のような凜々《りり》しい姿。神々しいまでに輝く黄金の瞳。小麗は言葉もなく、ひたすらジンに見惚《みほ》れていた。もう彼しか見えない。自分にはジンがすべてなのだと、今さら

ながら思い知らされる。

たとえようもない感動に身を震わせながら、小麗は両手を口にあてて愛《いと》しい人を目に焼き付けていた。

（ジン、大好き……本当に、本当にあなたに会えて……良かった……っ）

呪われたような自分の人生で、ジンとの出会いだけは輝く光だ。なのに自分はその尊《とうと》さに気付くこともできず、愛する痛みに耐えかねてあっさりと手放そうとしていた。そんな愚かな自分の行動を振り返ると、今さらながら激しい後悔《こうかい》が身を焼き尽《つ》くす。

「……帰るぞ」

龍飛は悔《くや》しそうに睨《にら》みつけると、馬の鼻を返して鉄門へと向かった。紫金国の兵がすべて撤収し重々しい鉄門が音を立てて閉じられると、あとには草原を吹き抜ける風が音をさせるばかりである。

「護衛兵、あの傷ついた従者を包《パオ》まで運んでくれ。それからギオルシュ」

ジンの指示に、ギオルシュが顔を上げる。

「はい」

「……小麗を頼む」

彼はそれだけ言うと、さっと手綱をさばいて兵の先頭まで走り去ってしまった。その背中を、小麗はただ呆然《ぼうぜん》と見送る。分かっていた。

(分かってたもの、私)

あんなにひどい別れ方をしたのだから、当然の報《むく》いだ。今回助けに来てくれたのも、ジンはギオルシュを失いたくなかっただけで、自分などそのついでに違いなかった。

(ちゃんと分かってたけど)

じわり、と涙が世界を揺らめかせる。もちろん、ジンが抱きしめてくれるなどとは思っていない。けれど、目も合わせてくれないなんて……。

(私、本当に嫌われちゃったんだ)

頭がシンと静まり返って何も考えられなくなっていた。身体も心も空っぽで、いっそこのまま消えてしまいたいと思う。

次々と明らかになった周囲の醜《みにく》い現実に、とどめを刺すようなジンの冷たい態度。小麗は耐えがたい現実に打ちのめされていた。もう、胸を締めつけるような痛みも悲しみも感じない。ただ見開かれたままの虚《うつ》ろな瞳が人知れず潤《うる》んでいくだけ――。

せめて声を上げて泣くことができればいいのだが、今はそんな元気すら湧いてこない。もちろん、命を助けられたという喜びすらなかった。

隣では気を失ったままの流花が、護衛兵に板に乗せられ運ばれていく。

あとには小麗とギオルシュだけが残された。

「立てますか、小麗様?」

相変わらず優しいギオルシュの言葉。小麗は突然大きく首を左右に振ってさらに強くしゃがみ込んだ。立てるわけがない。そんなの無理だ、絶対に。だって自分は弱すぎる。愚《おろ》かで性格も最低で、何もできないお荷物で。

(私なんて……っ)

そして幼子《おさなご》のように地面にうずくまり、ボロボロと泣き出してしまう。一度あふれ出た涙は、堰《せき》を切ったように止まることを知らなかった。

「ば、馬鹿みたい……私、誰からも愛されてない……うっ……」

激しく喉《のど》を引きつらせながら、やっとそれだけの言葉を口にする。小麗は思い知っていた。自分は本当に独《ひと》りぼっちだったのだ。生まれてからずっと。

紫金国の皇女でなければ、誰も自分のような馬鹿で強情っぱりな人間など必要としていない。青海も、兄上も流花も。

(そしてジンも)

そう思った途端、新たな涙があふれ出す。小麗は今、本当に独りだった。

「少し、話しても良いですか」

ギオルシュが、小麗の前にどかりと腰を下ろして胡座《あぐら》をかく。身体ひとつ分離して近すぎない距離を保っているのは、恐らくジンへの配慮だろう。

そしてしゃがみ込んでいる小麗と目線を合わせるようにのぞき込んだ。普段、礼儀正しい印象の彼がそんなことをするのは違和感がある。

「……？」

泣きすぎて頭がぼうっとしている小麗は、不思議そうに首をかしげた。

「ジン王様の過去のことです。今からちょうど十年前。あの方が八歳のときにメンギル王であり父親であったガイ様がタタールの罠によって殺されました。幼くして王位を継いだジン様は、果敢にもすぐに下臣に協力を求め、兵をまとめて報復を実行しようとしましたが、民は誰一人ついて来なかったといいます」

「!?」

今のメンギルでは考えられないことである。

「それというのも、メンギルの民の間にある噂が流れたのです。ジン様の母君であられるエルナ様は、その美貌《びぼう》を狙われて賊に略奪され紫金国に売られるところを、偶然通りかかったガイ様に助けられました。それが夏のことです。そしてその後すぐにご結婚なされて、春に生まれたのがジン様でした」

分かりますか、とギオルシュは尋ねる。

ジンと初めて結ばれた夜、彼は「夏に交わされた愛の結晶は、春に生まれる」と教えてくれた。ということは。

「!?　まさか」

「そのまさかです。ジン様がガイ様の子供ではないかもしれないと言いふらした人間がいたのです。それはジン様の叔父にあたるイチト様でした。そうすることでメンギルの民に、自分こそが正統な王だと示したのです。そして民は、出生の怪しい八歳の子供よりも、由緒《ゆい しょ》ある血統を持つ五十歳の男をメンギル王と認めました。それは一見残酷にも思えますが、間もなくやってくる厳しい冬を前にして正しい選択だったと思われます」

「でも、そんな……」

草原のような美しい場所では、紫金国のような醜《みにく》い権力争いなどないと勝手に信じていた。しかし現実はそうではない。あくまでも美しく清明なのは自然だけで、人間はそうではないということか。

「それからどうなったの？」

問い詰める小麗に、ギオルシュは再び口を開く。

「ジン様は黙ってメンギルの集落を出ました。私と出会ったのもその頃です。それからイチト様の傲慢《ごうまん》な支配に反感を持つメンギルの若者なども数人、ジン様を頼ってついてきました。ジン様がメンギルを完全に奪回されたのは、ほんの数年前のことなんですよ」

小麗は息を飲む。そんな悲劇の上に、今のメンギルがあったなんて。

「ただ王位を継いだわけじゃなかったのね」

きっと想像を絶する苦労があったのだろう。小麗は小さな声で「ジンは強いな」とつぶやく。叔父に裏切られ、己《おのれ》の出生に傷がつけられても希望を捨てずに立っていられる彼の強さ——その半分でも自分にあれば。

しかしギオルシュはゆっくりと否定するように首を左右に振って見せた。

「ジン様も最初から強かったわけではありません。たった独りでメンギルの集落を出るとき、星見師《ほしみし》の老婆が言ったそうです。ジン様が紛《まぎ》れもなくガイ王様の息子でありメンギルの人間だと民に知らしめたければ、狼になれと。メンギルの祖は狼だから、強く気高き狼になることでしかジン様はその血を証明することはできないのだと」

「……狼!」

小麗の脳裏に、湖で狼を見ていたジンが浮かぶ。憧《あこが》れと哀《かな》しみを湛《たた》えながら、愛おしく見つめていたジンの眼差し——。

『俺は狼の子だ。だから強くあり続けなければならない』

彼は確かにそう言った。あのときは、その言葉の裏にこれほど深い想いが隠されていようとは思いもよらなかった。

「!」

さらにその後にジンが言った言葉を思い出して、小麗はひとり身を震わせていた。

『身体の傷には薬が効くだろうし、心の傷は時間が治してくれる。だが血の傷はどうすれば癒《いや》されるんだろうな。それとも死ぬまで永遠に続くか』

あれは復讐に縛《しば》られていた小麗に向かって言ったのではない。自分に、自分の運命に対して言った言葉だったのだ。そんな小麗を見守りながら、ギオルシュは頷《うなず》いた。

「そう、血の傷を抱えているのはジン様も同じなのですよ」

それが己を流れる血の唯一《ゆいいつ》の証明だと信じて、彼は戦い続ける。

強くあり続ける。

「以前にも話したように、我ら草原の民にとっても森の民にとっても、部族の統一は悲願です。誰しも安心して生活し家族を愛しながら暮らしていきたい。タタールの民達の疲れ切った顔を見たでしょう?」

小麗は肯く。確かに彼らは誰も、これ以上の戦いなど望んでいなかった。

「草原の統一はほぼ達成されました。小麗様を助け出すという大義名分のもと、最大の敵だったタタールを打ち倒す機会を得たのです。今ある残りの部族はすべて、ジン王様に従うと使者を送ってきています」

しかし、とギオルシュはかすかに表情を曇らせる。

小麗は不思議そうに彼の方を見た。今のメンギルは強くて安泰であり、草原も平和になった。全部良いことではないか。

「心配なのはジン様ご自身の、今後のことです」

「？」

「ジン様は草原統一に満足することなく、紫金国をはじめ周辺の国々や世界の果てまでも戦いを挑んでいくおつもりです。これからの戦いには、草原統一といったような現実的に成し遂《と》げられる目標はなくなります。世界という膨大《ぼうだい》な敵を相手に戦うことになる。ただひたすら己の中の狼の血を示すためあの方は戦い続ける。それが純粋に『世界の果てまで見たい』という夢で在り続けるならば、何の問題もないのですが。今、心の昏《くら》い傷を治しておかないと、ジン王様は限界を超えて戦うでしょう。倒れて二度と立ち上がれなくなるまで……それが分かっていても、私にはあの方を止めることができません。ただ命を賭《か》けて付き従うことしかできないのです」

ギオルシュの真剣な眼差しと悔しそうに引き結ばれた口元を見れば、彼がどれほどジンを慕っているかが理解できた。

その強い想いに胸を打たれている小麗へと、ギオルシュはゆっくりと視線を戻す。

「どうして小麗様に、こんな話をしたのかお分かりですか？」

「え？」

「あの方の奥深くにある血の傷を癒して、荒ぶる魂《たましい》を和《やわ》らげてくれるのは小麗様、あなたしかいないからです」

「！」

小麗は腰も抜かさんばかりに驚く。そんな、ここで突然自分の名前を出されても。

「無理無理無理っ。だって私、ジンにものすっごく嫌われちゃったもの！」

思わず大声で宣言してしまったあと、改めてその事実に打ちひしがれる。目まぐるしく変わる小麗の言動に、ギオルシュは困ったように眉根を寄せながら微笑んだ。

「まったく、あなた方二人は……」

そして、まるで親のように「いいですか」とため息をつきながら口を開く。

「まず最初に、ジン様が貴女の許嫁を殺した人物を言いたくなかったのは、すでに龍飛様だと予感していたからです。小麗様の傷ついた顔を見たくなくて、ジン様は真相を伝えられなかっただけ」

「でもあんなに怒ってたし。いつものジンとは全然違ってたもの。きっと私にものすっごく腹を立てたんだわ」

「苛立っていたのは、小麗様。あなたのことを本気で愛しているからです」

「そんな」

にわかには信じられない。ジンが私を本気で愛している?

「男というのは、女を本気で愛せば愛するほど、その心も身体も強く抱きしめて誰にも触らせたくなくなる愚かな生き物です。たとえそれが過去の思い出であったにせよ、小麗様のお心を、今でも曇《くも》らせている許嫁の存在を許すことができなかったと、ジン様は言ってましたよ」

ギオルシュの言葉に、小麗はいろんな意味で驚く。

「ジンったらギオルシュにそんなことまで話したの!?」

「私が強引に聞き出したのです。今まで見たことないほど、荒れていましたから」

小麗の心に少しだけ、暖かな光が差し込んだような気がした。自分がジンを傷つけていた——そのことに、本来ならば胸を痛めなければならないのに、なぜか今だけは救いになっている。メンギルの集落を出る前、小麗は自分の奥底までジンの侵入を許したからこそ、心の一番深い、簡単には癒《い》えない柔《やわ》らかな場所を踏みにじられたと泣いた。

しかしそれはジンも同じだったということだろうか。

(でも待って)

小麗は用心深く、浮かれそうになる心を引き締める。

「だったらなぜ、さっきはあんなに冷たかったの?」

ギオルシュにすべてを話して同じように諭《さと》されたとしたら、もっと優しく抱きしめてくれても良かったはずだ。

ギオルシュは困ったように「それは」と頬を掻いている。そして。

「適当な言葉が見つかりませんので、非常に無礼な言い方になるのですが」

と前置きして、そっと小麗に打ち明けてくれた。

「それはジン様が子供だからです」

「こ、子供!?」

「ジン様からすべてを聞き出したあと、私はけっこう厳しく叱《しか》らせてもらいました。ジン様が初めて心から愛した女性を、こんな形で失うのは馬鹿げていると」

「……」

「それがちょっと効きすぎまして。今のジン様は、自分のような男は小麗様に相応《ふさわ》しくないと、弱気になっておられるのです」

「ジンが、弱気……」

まったく似合わない。一体、どういう叱り方をしたのだろうか。

それよりも本当にジンは、それほどまでに自分のことを想っていてくれるのだろうか。

もともと自分に自信のない小麗は、その話を信じることが怖くて、なかなか素直に受け入れることができないでいた。

ギオルシュは戸惑う小麗に、丁寧に頭を下げる。

「どうか小麗様。今一度、貴女からジン様に寄り添ってあげて下さい。あの方の血の傷は、小麗様にしか癒せない。私としては少し、悔しいですが」

「そんな、頭を上げてよ、ギオルシュ……」

何の自慢にもならないが、いつも与えてもらってばかりの小麗は、誰かのために何かを施すということをしたことがない。急に頼まれてもまったく自信がなかった。

「癒すっていっても、私。何をどうしたらいいか分かんない」

「ただ愛して差し上げたらいいのです。愛の痛みから逃げ出さずに」

ギオルシュの言葉に、胸に手を当てて考える。愛に痛みがあるなど知らなかった。楽しく嬉しいことが恋であり愛だと思っていたのに。

(ジンに冷たくされたとき、本当に胸が張り裂けそうだった。それは他の誰でもない、一番好きなジンだから?)

愛しているから辛さはより深くなるというのか。

心の底から通い合った喜びは、相手を見失ったときに同じ重さで心に刃を立てる。小麗の脳裏に、流花のせつない横顔が浮かんだ。

(流花は兄上を深く、すごく深く愛していたんだ)

報われない、振り向きもされない相手を、ただひたすら想い続けていた流花。

どれほど苦しく激しい痛みだったろう。それに比べて自分はどうだ。やっと手に入れた本当の恋を、いとも簡単に手放そうとしている。

「わたし」

唇を噛みしめる。

小麗が結論を出すまで、ギオルシュはじっと見守ってくれていた。

「ジンが好き」

その気持ちをもう一度、ちゃんと伝えたいと思った。

それがジンを救うとか癒すとか、そんなことは正直、まだ想像できない。けれどももし可能ならば、今途切れようとしている絆を今一度結び直し、遠い未来には彼を癒し慰める存在でありたい。

「……」

見上げた空は、間もなく夜明けを迎えようとしていた。

「さぁ、そうと決まれば早くメンギルに帰りましょう」

ギオルシュが勢いよく立ち上がる。彼が「帰る」と表現してくれたことが何よりも嬉しかった。

自分には帰る場所がある。それは分厚い壁に囲まれた紫金国ではなく、メンギルだ。

「うん！」

やっと元気が出てきた。小麗も同じように立ち上がる。

「馬にはひとりで乗れますか？」

自分と小麗の馬をそれぞれ引いて、ギオルシュが尋ねてくる。小麗はこくりと肯いた。

「きっとお疲れでしょうから一緒に乗せて差し上げたいが」

困ったように首をかしげている。

「ジン王様が怒るといけないので」

「それって彼が子供だから？」

すかさず問うと、ギオルシュは肩をすくめて見せた。

「さすが小麗様。よく分かっておられる。ですが私がそう言っていたことは、どうかご内密にお願いしますよ」

小麗はそれに答えず、ただ「ふふふ」と笑って見せた。

頬には涙の跡が残り、胸の痛みはまだ消え去ってはいなかったけれど――。

第四章　蜜月の官能

　メンギルに戻ると、兵はすでに解散していてあたりはひっそりとしていた。ギオルシュと別れて自分の包《パオ》へ戻ると、まずは涙《なみだ》で汚れた顔を洗って簡単に身支度《みじたく》を整える。

　そのあとに流花《ルーファ》が運び込まれた診療《しんりょう》用の包《パオ》に顔を出してみたが、彼女はまだ深い眠りから覚めてはいなかった。苦しそうに眉根《まゆね》を寄せる顔は血の気が引いて真っ青だったが、繰り返されるかすかな呼吸にひとまず安堵《あんど》する。

　それから、真っ直ぐジンの包《パオ》へと向かった。

　集落の中央に置かれた彼の包《パオ》は、さほど大きくもなく、タタールのように王らしく飾り立てられてもいなかった。

「……ジン？」

拳を胸に当てながら、小麗《シャオレイ》は包《パオ》の入口で呼びかける。ギオルシュに励《はげ》まされて勇《いさ》んで来たつもりだったが、いざとなると声が小さくなってしまった。蚊《か》のなくような呼びかけに、しかしジンはすぐに顔を見せる。そして驚いたように小麗を見下ろした。

「どうした？　もう休んだと思っていたが」

彼の表情は相変わらず固く、小麗はバツが悪そうに地面を睨《にら》みつけた。

「あの、さっきはありがとう。それから色々ごめん……」

「……小麗が謝った！」

真剣に驚いている分、余計に腹が立つ。小麗は思わず彼の胸を両手で叩いていた。

「なによもうっ。私だって謝ることぐらいできるわよ」

「ははは、悪かったたってば」

まぁ入れよ、とジンが手招きしてくれた。その笑顔はまだぎこちないが、少しだけほっとしながら小麗は包の中に足を踏み入れる。

初めて入る王の包は、小麗の部屋とは違い西国風の家具も寝台もなかった。

壁にはきちんと手入れされた剣や槍《やり》、弓矢などの武器が並び、中央には大きな炉《ろ》がある。

一段高くなっている床板の上に、直接寝具が敷かれてあった。あとは簡単な造りの棚と、唯一飾り立てられた小さな朱《あか》い祭壇《さいだん》があるだけだ。

入ってすぐにどっかりと床に腰を下ろしたジンだったが、小麗の方は物珍《めずら》しくてあたりを歩き回ってしまう。

「私の包《パオ》とは雰囲気が全然違うのね」

「妃を迎えるための部屋だからと、メンギルの女達に任せたらああなっちまったんだ。西の文化には女性を魅了《みりよう》する繊細《せんさい》な家具ばかりだって、ものすごくはしゃいでたぞ」

俺にはどうも落ち着かないけど、とジンは耳の後ろを掻いている。

「それは正解ね。確かにあの部屋に入ったとき、見たこともない調度品に胸が躍ったもの」

それは復讐に燃えていた小麗すらも、一瞬で虜《とりこ》にするような可愛らしさだった。それに比べてジンの包《パオ》はものも少なくて飾り気もなく、いかにも男の部屋という感じである。

「これは？」

小麗は祭壇に歩み寄り、白くて丸いものに目を向けた。そこには不思議な形の石のようなものがいくつも置かれている。

「それ、骨なんだ。お袋と、親父の」

「骨？」

紫金《しきん》国では火葬《かそう》が一般的であり、皇族はその後に骨を砕《くだ》いて墓に埋める。

だから形を残した骨を見るのは初めてだったが、想像していたよりも綺麗で清潔な感じがした。

「おふくろは、俺がメンギルを取り戻すのを見届けたあとにすぐ病にかかって死んだ。親父は……ギオルシュから聞いたろ」

「……」

祭壇からジンへと視線を戻すと、彼はこちらを見ないまま拗《す》ねたような声で言った。

「さっき奴が謝りに来た。余計なことを話してしまったってな」

そして辛そうに顔をしかめると、さらに小麗に背を向けてしまった。

「分かっただろう。小麗に偉そうに過去を忘れろと言っておきながら、血に縛《しば》られているのは俺の方なんだ」

それは、彼が初めて見せる弱々しい背中だった。いつも自信に溢《あふ》れていて、真っ直ぐに力強く生きている印象しかなかったジン。彼に対する想いが、ただの憧《あこが》れやときめくだけの恋ならば、その姿を見て失望していたかもしれない。

けれど、小麗はジンを愛していた。

だからこそ、弱さをにじませているジンの背中がこんなにも愛《いと》おしい。

小麗は、彼の後ろに腰を下ろして背中にそっと頬を寄せた。

（ジンも私を愛してくれている）

それを信じるのはまだ怖くて、本当は今でも逃げ出したい。けれど。

小麗は決心したように唇をぎゅっと結ぶ。

胸がどきどきして、なぜか泣きそうになっていた。本当のことをいうのは、どうしてこんなにも難しいのだろう。

「私はあなたが好き。誰よりも」

祈るように、想いを込めてそう伝えた。

戸惑うように背中が揺れる。きっとジンも同じなのだ。たったひとつの愛を信じるのが怖くて、なかなか受け入れられないでいる。

小麗は生まれて初めて、他者を慈《いつく》しむような気持ちになっていた。

「ジン、初めて私を抱いてくれたときに教えてくれたよね？　言葉なんかなくても、身体はちゃんと愛を語るって」

言葉で伝わらないのなら、身体で伝えるまでだ。

ジンの艶《つや》やかな髪にそっと口づけする。そして、次は耳、首筋――心の赴《おもむ》くままあちこちに接吻《せっぷん》の雨を降らせながら、小麗はジンの腰紐《こしひも》を解いて背中を覆っていた衣を脱がせる。

そして自分も上半身だけ裸になった。

無駄な肉のない骨張ったジンの背中に、自分の丸い乳房を押し当てる。

すでに固くなり始めている胸の中央をぐりぐりとまわしながら、両手を伸ばして彼の乳首を触る。指先で煽《あお》ったり軽くつまんだりしてみた。なぜだか分からないが、まるで自分が男になってジンを愉しませているような気分になる。

彼の耳を隅々まで甘やかに舐《な》めて、そっとつぶやいた。

「感じて、ジン。私の気持ちを」

そして期待を込めて彼の下腹部に手を当ててみる。

彼のものは衣の上からでも分かるぐらいに、熱く大きく膨《ふく》らんでいた。

小麗は迷わずに彼の下着を取って、直にそれを握り締める。心よりも先に、愛に応えてくれた彼の身体が嬉しかった。

どうすれば感じるのか分からなかったので、とりあえず握り締めた手を前後に滑《すべ》らせてみる。ジンが一番気持ち良さそうにしているは、いつも最後のときだ。

だからできるだけ手を狭めて、同じような状況を作ってみようと試みる。

それは成功だったようで、彼は喉《のど》を引きつらせるような低い声を何度も発していた。熱く滾《たぎ》る先っぽからは、まるで小麗の秘部のように甘い蜜《みつ》が溢《あふ》れている。

「ジン、これってどうしてあげたらいいの？」

粘《ねば》り気のある透明な液を指先で伸ばしながら、小麗は素直に聞いてみる。ジンは苦しげに息を吐くと、小さな声でつぶやいた。

「口で吸ってくれないか。俺が小麗にしたみたいに」

小麗は逆らうことなく彼の正面に回り込み、正座をしたまま彼の股間に顔を埋《う》める。

恥ずかしいという気持ちはなく、ただ彼の望むことをすべてし尽《つ》くしてあげたかった。

先端を舌《した》で丁寧《ていねい》に舐めとったあと、その奥の付け根まで隙間なく舐《な》めまわす。

そして彼の反応が最も過敏《かびん》だった場所を発見すると、今度は舌先を尖《とが》らせて何度も刺激を与えてみた。

彼がせつなげに声を上げるのがたまらなく嬉しい。

(何だかこれって、くせになりそう)

逆の立場では到底まともにものを考えることなど不可能だったが、色々と工夫しながら行動できるのも新鮮で楽しい。

それでもまったく冷静にというわけにはいかず、独特の昂奮状態の中で自分の下着があられもなく濡《ぬ》れてしまっているのを感じていた。

「!」

突然、腕を掴まれあっという間に押し倒される。

ジンは一言もしゃべらないまま、まるで飢《う》えた野獣のように小麗の細い身体を貪《むさぼ》り尽《つ》くしていった。その激しさと一途さに、小麗は満足しながら身を任せる。以前の自分なら、きっと怯《おび》えていただろう。

けれど今は違う。ジンの愛を心から信じていて、そして、どんなことも受け入れられる。自分の愛も信じている。

彼の右手が小麗の片胸を握り締め、もう片方は唇で強く吸《す》われた。

痛みと快楽が絡み合いながら、小麗の身体を突き抜ける。

目も眩むような体験だった。それを伝えたくて、小麗は彼の名を何度も叫ぶ。

「すごいの！　私、すごく感じてるの……っ」

彼は胸を摑み上げている右手はそのままに、腰を撫《な》で回していた左手を使って、小麗の秘部の入口にある小さな突起を指先で刺激する。

同時に舌を蜜壺《みつつぼ》に入れて最も感じる場所を強く舐めまわした。

手加減など、なかった。

小麗は絶叫する。恐ろしいほどに快楽の三角波に襲《おそ》われて、身体と心が粉々《こなごな》になっていく。

世界は揺らぎ、意識が官能《かんのう》の海に浮き沈《しず》みしていた。

「やめて、ジン！　お願い、お願いよぉ」

あまりの激しさに小麗は必死に懇願《こんがん》する。

腰を引いて、きつすぎる快楽を少しでも和らげようと試みるが、彼は手を緩《ゆる》めようとはしなかった。

がくがくと腰を震わせながら、何とか止めたくて左右に激しく首を振る。

「やだっ、この先は一緒に行きたい！」

その言葉で、やっとジンは動きを止めた。

そして休む間もなく、はち切れんばかりの彼のものを入れてくる。何の躊躇もなく、いきなり最奥まで刺《さ》し貫《つらぬ》かれるが、濡れに濡れていた小麗の窪《くぼ》みはそれをなんなく受け入れた。

今度は何度も激しく打ちつけられる。

早い速度で小刻みに擦《こす》りつけられたかと思えば、抜けそうになるほど腰を引き、一気に奥まで貫かれた。

小麗の下半身はものすごい量の愛の蜜をしたたらせ、出入りの度に泥《どろ》で遊んでいるような音を響かせている。

小麗が感じているのと同じだけ、ジンも悦《よろこ》んでいる。結合のあとにはそういった連帯感があって、小麗はそれがとても好きだった。

躍動《やくどう》する彼の情熱に負けないように、腕と足でしっかりと彼に絡みつく。

「ジン！　来てっ……もっと」

もっと、と貪欲《どんよく》に求め続けた。彼とならどこまででも行ける。

ジンのすべてを何度でも受け止めよう。その強さも弱さも、美しさも醜《みにく》さも――すべてを許し、受け入れる。

それが小麗の見つけた愛の形だった。


甘く激しい交わりが終わり、二人は荒い息のまま寝床に並んで横たわる。

ジンは先ほどから、ひっきりなしに感心していた。

「いや、もう本っ当に驚いた。小麗って何気にスゴイ女だったんだな。なんか得意顔で色々教え込んでいた俺が馬鹿みたいだ」

「もう、今がすでに馬鹿みたいだってば」

顔を朱く染めながらジンの腕枕の中からそう教えると、ジンは空いている片方の腕を頭の後ろで組みながら天井を仰ぐ。

「小麗と喧嘩《けんか》別れしたあと、ギオルシュにめちゃくちゃ怒られた。つまらない嫉妬《しっと》で傷つけることしかできない愛なら、最初から入れ込むなって手加減なく殴《なぐ》られてさ」

「殴った？　ジンを!?」

信じられない。いくら大切な王のためとはいえ、とんだ家臣がいたものだ。

「あいつってさ。見かけによらず、怒るとホント怖いんだ」

そういえば万魂の壁で流花と戦っていた彼が、一瞬本気で怒った瞬間があった。確かにそのとき、小麗も彼の背後に何ともいえない迫力の青白い炎を見たような気がする。

「うん。分かるよ、それ」

二人はしばらく黙って、それぞれにギオルシュの怖さを噛《か》みしめていた。

彼は女性のような外見である上に、童顔ともとれる人好きのする顔立ちをしている。ジンよりかは年上に違いないだろうが、一体、彼はいくつなのだろう。

小麗はそこで、以前に流花から聞いた情報を思い出す。

「そういえば、ギオルシュってメンギルの人間じゃないの？」

流花と、のちに聞いたギオルシュの過去の話を摺り合わせると、どこかの国から逃れて彷徨《さまよ》っていたギオルシュを、当時王位を剝奪《はくだつ》されたばかりのジンが草原で拾ったという。

それが十年ほど前のことであり、ジンはまだ八つだったはずだ。

「ああ」

ジンはあっさりと肯定し、丸められている世界地図に指を伸ばす。

「寝る前に見る習慣がついてしまったから、いつもその辺に転がしてあるんだ」

言いながら、羊皮の地図を広げて見せた。

それは最初にギオルシュに見せてもらったのと同じものである。ジンはついと東の果てを指差す。

「この刀のような形の島。ギオルシュはそこから逃れて来たんだって言ってた。出会ったときには十八歳だって言ってたから、あれから十年。もうギオルシュも二十八かぁ」

すっかりおっさんだな、とひとり頷いているジンに対して、小麗は大きく瞳を開く。

「ええ！　見えなーい。というか全然、若く見えるし」

二十歳は超えているだろうと思っていたが、それでも二十三、四ぐらいにしか思えない。

「だな。でも中身は十分におっさんだぜ？　あ、そういえば小麗！」

たった今、思い出したかのようにジンは膝を打った。

「ギオルシュも祖国で、ずっと慕い続けていた兄に命を狙《ねら》われて、どうしても戦いたくなかったから国を出たんだと話してくれたことがある」

「……」

家臣のけっこう重苦しい過去をそんな簡単に忘れていて良いのかとも思うが、彼らの強い絆《きずな》の前ではそんな気遣いは無用なのかもしれない。

お互いに辛く苦しい過去を乗り越えたからこそ、ジンは強く輝き、ギオルシュはあんなにも優しいのだ。

「私も、いつかは強くて優しい人間になれるかな」

ぽつりとつぶやく。

ジンやメンギルの人達とは真実を知る前から親しんでいたので問題ないが、これから出会う人に対しては、恐らく警戒心《けいかいしん》と劣等《れっとう》感を感じずにはいられない。青海や流花、そして何よりも兄の裏切りは、それほど深く小麗を傷つけていた。

「大丈夫だ」

ジンが温かい腕で優しく抱きしめてくれる。

「小麗はもう十分に強い。あとは俺にもうちょっと、普段から優しくしてくれれば」

「馬鹿！」

せっかく良い雰囲気だったのに、珍しく殊勝な心持ちにもなっていたのに、ジンのひと言ですべてがぶち壊されてしまった。

「大体ねぇ、ジンは大雑把《おおざっぱ》な性格のくせに言うときだけは、余計なことが多くて妙《みょう》に細かいのよ。前のときも……！」

いくらでも小言が出てくる小麗の口を、ジンの唇《くちびる》が強引に塞《ふさ》ぐ。

思わず「卑怯者《ひきょうもの》っ」と心の中で叫ぶが、結局最後は彼の柔《やわ》らかな唇の愛撫《あいぶ》に身を委ねてしまった。互いに優しく唇をついばみ合いながら、幸せな時間がゆっくりと流れていく。

(この幸せを、私は二度と自分から手放したりしない)

果てることなき喜びを甘受《かんじゅ》しながら、小麗は天に向かって誓《ちか》っていた。


自分にはもうひとつなすべきことが残っている。

あの悪夢のような出来事から三日後。小麗は、ようやく意識を取り戻したという流花の包《パオ》へと向かっていた。

手には小さな花束がある。

小麗が最初にメンギルに来たときに、花束をくれた幼い女の子、リテルにお願いして一緒に作ってもらったのだ。リテルは「姫姉さまの頼みなら」とすごく張り切って、色とりどりの花を摘《つ》んでくれた。

(正直、まだどんな顔して会えばいいか分からないけど)

それでも会うべきだと思った。

彼女は自分の一番近くにいてくれた従者なのだから。

付きっきりで看病《かんびょう》してくれたメンギルの治療師の話によると、彼女の傷は癒《い》えつつあるものの、食事を一切受け付けないのだという。

せっかく助かった命なのにこのままでは傷のせいでなく、体力が尽きて死んでしまうと、治療師は嘆《なげ》いていた。

「姫様」

そっと包に入ったつもりだったが、すぐに流花に見つかってしまう。

彼女は寝台の上ではあるが、羽毛のたくさん入った大きな枕を背もたれにしてすでに起きていた。

「良かった。思っていたよりも大丈夫そうで」

思わず笑みがこぼれる。あの時は、本当に死んでしまったかと思ったのだ。

流花は驚いたように目を見張ってから、慌てて顔を背ける。

「どうか殺して下さいませ。わたくしの犯した罪は、到底許されるものではありません」

きっぱりとした口調が哀《かな》しかった。細く折れそうな首筋に、まとわりついている乱れ髪が痛々しい。

「私、馬鹿だから本当に驚いたけど……でもひとまずは元気になって。話はそれからよ」

　おずおずと花束を差し出してみる。

「これ、リテルと一緒に摘んだの。この近くにある花畑で。メンギルの女の子にしか教えてはいけない秘密の場所なんだけどね。夏の間は代わる代わる綺麗な花が咲くそうだから、早く元気になって一緒に行こう？」

「やめて下さいっ」

　振り払われた拍子に、花束が解けて花びらが寝台の上に舞い散る。

　流花の膝辺りに掛けられている白い掛布の上は、さながら小さな花畑のようになった。

「!?」

　小麗よりも、流花の方がひどく狼狽《うろた》えている。

　彼女は自分の顔を両手で覆うと、疲れ切ったようにゆっくりと息を吐いた。すっかり瘦《や》せてしまった肩が大きく上下する。

「流花……」

「いけません、姫様。姫様ともあろうお方が、簡単に情に流されて罪《つみ》をお許しになったら、他の者に示しがつかないでしょう」

　いつもの調子で注意されると、何も言えなくなってしまう。

「どうかわたくしへのお気遣いは無用に願います。姫様のお命を奪うと決めてから、こうなることは十分に覚悟しておりました」

「……でもっ」

「姫様！」

もちろんすべてを許したわけではないし、うわべだけの綺麗事なんか言いたくない。

それでも流花を失いたくない気持ちだけは本当なのだ。

(でも、どうやったらこの気持ちが伝わるの？)

小麗はどうしていいか分からなくなって、とうとう泣き出してしまった。

「だって……！　流花が矛で刺されたとき……本当に死んじゃったかと、思って……すごく怖かったんだよ？　助けに行きたかったけど……っ……腕を掴まれて動けないし。流花は全然、う、動かないし……ギオルシュが駆けつけて、す、すぐに……矛を抜いてくれたけど……っ……そしたら今度は血が、すごい血が出て……ギオルシュが自分の衣を裂いて止血してくれなかったら……今頃……ううっ」

「あの男が？」

流花の顔色がさっと変わる。

それが何を意味するのか、小麗にはよく分からなかった。

「どうか姫様、もう泣かないで下さいませ」

「だって流花が」

「分かりました、分かりましたから」

泣き虫の主人にあきれ果て、流花はとうとう折れてしまう。

先日、過去の傷を乗り越えて強くなりたいと願っていた小麗だが、だが、目標達成にはまだまだ遠いようである。

「今でも好きなのでしょう、兄上のことが」

流花が態度を軟化させてくれた途端、現金にも涙はぴたりと止まった。小麗は「ついでだ」とばかりに、涙の余韻《よいん》の残る鼻声で尋ねてみる。

包の中に長い長い沈黙《ちんもく》が流れた。

流花が一番、触れて欲しくない傷なのは分かっていた。けれど小麗があえて聞かなければ、この広い世の中で誰も彼女を救えないことになる。

どれほど深い傷でも、触らなければ癒すこともできないのだから。

気がつけば、流花は声もなく泣いていた。

「耳飾りを、拾って頂いたのです」

かすれたような声が、包に静かに流れる。

「あれは私が宮殿にお仕えしてすぐのこと。まだ女官見習いだった私は、偶然にも書物庫へと迷い込んでしまいました。焦って出口を探しているうちに、片方の耳飾りがないことに気がついたのです。決して高価なものではないけれど貧《まず》しかった私には、身を飾る小物がそれしかありませんでした。ですから必死に探していると、ふいに若い男性からお声をかけて頂いたのです。お前が探している耳飾りは、これではないかと」

恐らくそれが龍飛だったのだ。

儚《はかな》い夢を見ているような、優しげな流花の横顔を見ていればすぐに分かる。

「その頃の龍飛様はまだ少年らしいお顔立ちを残されており、後に帝位継承《ていいけいしょう》を阻む血統問題のことなど知らないまま、一生懸命《いっしょうけんめい》に帝王学を学んでいらっしゃいました」

「……」

「慌《あわ》てて礼を言った私に、龍飛様は『派手さはないが実に品の良い耳飾りだ。飾り立てることばかりに夢中な女官どもの中にも、そちのような趣味の良い娘もいるのだな』と。それから、その耳飾りは私の宝物となりました」

「それってもしかして」

今も流花の耳に飾られている、翡翠《ひすい》の小さな耳飾りである。

流花は恥ずかしげに、耳元をそっと隠した。

「龍飛様とお近づきになるなどという、大それたことは一度も考えたことはございません。

ただ池の蛙《かえる》が漠然《ばくぜん》と空に憧れるように、私は長いあいだ龍飛様を一方的にお慕《した》いし続けてまいりました」

ある日のことです、と流花は言葉を選びながらゆっくりと語り出す。

「突然、龍飛様に呼ばれたわたくしは高鳴る胸を抑えながら部屋に入りました。龍飛様は私を前にして『これからも常に妹の側に仕え、その様子を事細かに知らせよ』と仰いました。その頃の小麗様は青海様とのご結婚を意識され始めたばかりでしたので、兄として色々とご心配があるのかもしれないと、私は気軽にお受けしたのです。もともとお仕えしていた小麗様はとてもお可愛らしかったし、そのうえ、龍飛様との面会が定期的にあると思うと、私は自分の人生に感謝せずにはおれませんでした」

遠い目で当時を思い出している流花は、とても幸せそうだった。

「しかし」

ふいに彼女の顔に不吉な影が差す。

「龍飛様の恐ろしい真意を聞かされるまで、さほど時間はかかりませんでした。あの方は密かに青海様を殺し、小麗様の存在を消し去る方法はないかとお尋ねになったのです。私はすぐに弱々しく拒否を致しました。だってそんな恐ろしいこと、誰が考えつくでしょう」

当時のことを思い出したのか、彼女は両手で口を覆い辛そうに目を閉じる。

「それを見ていた龍飛様は私の手首を摑み上げると、一気に壁まで追い詰めて耳元でこうささやかれたのです。『お前は私を愛しているのだろう。ならば態度で示せ』と。そう、私は龍飛様を愛しておりました。絶え間なく続く醜い権力争いのまっただ中で、徐々に心を病まれていく龍飛様も含めて——私は愛してしまっていたのです」

「……」

その後のことは、わざわざ聞かなくても分かることばかりだ。

流花は龍飛の指示に従い、青海殺しを手伝った。そして小麗をメンギルに嫁がせたあとも、龍飛と連携を取りながら上手く消すように協力し続けたのだ。

そしてジンはそんな彼らの動きを予測していたからこそ、小麗の暗殺未遂《あんさつみすい》をあえて許して同盟を守ろうとした。

「そっか、そうだったんだ」

これですべての謎《なぞ》が繫がった。

辛い現実ではあるが、胸は妙にすっきりと晴れている。

ただ小麗はとても哀《かな》しかった。そして哀しいのは信じていた者に裏切られたからではなく、メンギルに来るまではずっと独りだったと思い知らされたからだ。

「私って、結局誰からも愛されてなかったんだね……」

そんな中で、脳天気に幸せを謳歌《おうか》していた。

見せかけだけの許嫁と優しいと思い込んでいた兄。本当は自分の方を向いてはいなかった従者に囲まれて、何も知らずに暮らしていた当時の自分を、どうしようもなく愚《おろ》かで情けなく感じてしまう。

「姫様！」

流花は激しく首を左右に振ると、小麗をぎゅっと抱きしめる。

「逆でございます。姫様は本当に誰からも愛されておりました。青海様も、龍飛様も。そしてもちろんわたくしも！　しかし目まぐるしく変わる権力の流れと、小麗様の唯一《ゆいいつ》の正室の皇女というお立場が、それを許さなかった……」

紫金国、と流花がつぶやくのを小麗は背中で聞いていた。

「あの国が、四方を壁で囲み、よどんだ風しか吹かないあの国が、龍飛様を変えてしまったのです。いいえ。龍飛様だけでなく、何の野心もなかったはずの青海様に帝位という夢を見せて愚《おろ》かな行動に走らせ、龍飛様をあのような残忍《ざんにん》な性格にしたのも……っ」

すべては紫金国のせいだと言うのか。分からない。

人の心は弱くもあり、また強くもある。誰も信じられないような環境の中で、ジンやギオルシュは力を得て立ち上がってきた。

けれども、己《おのれ》にふりかかった悲劇にそのまま流されて、生き方自体を歪めてしまう場合だってたくさんあるのだ。

自分が同じ状況に置かれたとき、どう戦って最後に何を選び取れるのか。

正直、小麗にはすぐに答えが見つからない。それでも、今ここで選び取れる決断がひとつだけある。

「これからも兄上の気持ちが流花にないと分かっていても、その気持ちは変わらないの?」

小麗の問いに、流花は哀《かな》しげに、けれどもきっぱりとした口調で返答した。

「叶わぬからといって消せる想いなど、愛とは呼びません」

その一途な姿はたまらなく愚かで、だからこそ眩《まぶ》しいほど美しかった。

小麗は深呼吸をひとつすると、爽《さわ》やかな顔で言ってのける。

「分かった。私は貴女を許すわ」

「姫様!」

慌てて反論しようとする流花を、小麗が素早く遮《さえぎ》った。

「だったら罰として、これからもずっとメンギルに居てもらいます。流花には辛い生活になるかもしれない。それでも私は」

伝えたかった言葉をようやく届けることに成功する。

「私は流花にそばにいて欲しい」

包《パオ》に流花の嗚咽《おえつ》が響き渡った。すっかり痩《や》せてしまった彼女の背中を、小麗は優しく抱きしめる。

流花はもっと幸せにならなければいけない。

(だってこんなにひたむきで、自分の心に忠実で、頑張っているんだもの)

そして流花の幸せはここメンギルで、そう遠くない日に訪れる予感がしていた。

終章　蒼穹の婚礼

メンギルの短い夏は早くも終わろうとしている。

秋を知らない草原では、これからいきなり長くて辛《つら》い冬がくるのだ。だからこそ、草原の民は愛する人を、家族を大切に生きる。

「おめでとうございます」

メンギルの集落のまわりには黒山の人だかりができていて、子供達の歓声《かんせい》が空いっぱいに響いていた。

集落のあちこちに店が建ち並んでいて、そこには西の商人達も来ていた。彼らは小麗が見たこともないような蒼《あお》い目をしており、肌の色も異様に白い。そして何よりも陽気だった。

メンギルの伝統音楽である馬頭琴《ばとうきん》に合わせて、適当に歌い踊っている。

賑《にぎ》やかな人々に囲まれて、その中心では小麗《シャオレイ》とジンがにこやかに手を振っていた。

ジンは草原の人間らしい民族色の強い正装だが、小麗は――これまたメンギルの女性達の強い要望により――西の国で作られた婚礼用のドレスというものを着用している。

正絹をふんだんに使用したその衣は、確かにため息が出るほど繊細《せんさい》で美しく、小麗の心を虜にした。

「しばらく二人っきりはお預けだな」

少しつまらなそうに耳元でささやくジンに、小麗は「ばか」と脇腹をすかさず突く。

若き草原の王ジンと紫金国の至宝である小麗の挙式は、七日七夜かけて盛大に催される予定なのである。

人混みをかき分けて、リテルが懸命《けんめい》にこちらに近づこうとしている。小麗は近くの兵士に声を掛けて、道を空けてもらった。

「姫姉さま、これあげる。みんなで頑張って作ったの」

リテルはそう言うと、色とりどりの花を編み込んだ美しい冠を差し出す。

「素敵！　どんな宝石よりも綺麗ね、ありがとう」

小麗は顔を輝かせて、純白のベールの上からかぶってみせた。

「おい、ちび助。俺には何もないのか？」

不服そうなジンに、リテルは葉っぱばかりの地味な王冠《おうかん》を渡す。

「ジン王様は男だからこれ」

「おいおい、それって酷過《ひどす》ぎだろ……」

「だって男の人は、せっかく咲いたお花畑を馬で踏み荒らすんだもん。男の子なんて乱暴ばっかりで大嫌い」

べーっと舌を出して、人混みの中へかけていく。

「……ジンって人気ないのね。普通、こういうときは『ジン王様のお嫁さんにはリテルがなるって約束したのに』とかなるんじゃないの？」

小麗が呆れて言うと、ジンは肩をすくめて見せた。

「小麗も敵が少ない方がいいだろ？　あいつは前からギオルシュ派だからな、どうも俺では好みが合わないらしい」

憎々《にくにく》しげに顎《あご》で示した先には、そのギオルシュが居た。

その隣ではすっかり元気になった流花が、側でなにやら話し込んでいる。仲がよいとまではいかない二人だが、それでも最近よく一緒にいるのを見かけるようにはなった。

思えば当初から、それぞれ小麗に「あいつにだけは気をつけろ」と忠告してくれた二人

であったが、こうして見るとやはりお似合いのような気がする。

（まだ、時間がかかることなのかもしれないけど）

ギオルシュの穏《おだ》やかな優しさが、流花の頑《かたく》なな過去の愛を解きほぐす日もくるだろうか。

人の心のことなので無理強いはできないけれど、そうなればいいなと強く思う。

ともかく、すべては未来に起こることだ。

小麗はここで、メンギルの妃《きさき》として生きていく。

空を見上げればどこまでも蒼く澄《す》み渡り、夏の最後の花を散らすように、草原には爽《さわ》やかな風が吹き渡っていた。

その後――。

草原の王ジンは約束どおり、龍飛《ロンフェイ》の帝位継承後に万魂《ばんこん》の壁を難《なん》なく突破して紫金《しきん》国を討ち滅ぼした。これで千年以上続いた紫金という国は完全に歴史から姿を消した。しかし、そこに住む民の信仰や文化、言語などを何も規制せずに自由にさせたことが効を奏して、特に大きな犠牲を出すことはなかったと言われている。

その後も、ジン王は世界中を縦横無尽《じゅうおうむじん》に駆け回って、やがて歴史上最大の帝国を築くことになるのだが、その隣にはいつも、幸せそうに微笑んでいる小麗の姿があったという。

あとがき

こんにちは、南咲麒麟《なんざききりん》と申します。

こうやってティアラ文庫さんから二冊目をお届けすることが出来まして、本当に嬉《うれ》しく思っています。とくに今回は、私の大好きな十二、三世紀あたりの中国大陸をモチーフにさせてもらっているので、いつも以上にはりきってしまいました。

自由を愛する草原の王・ジンと紫金《しきん》国の箱入り姫様・小麗《シャオレイ》の不器用な恋愛と、二つの国を巡《めぐ》る愛と陰謀《いんぼう》の物語はいかがだったでしょうか？

読者の皆様に少しでも楽しんでもらえたら、これに勝る喜びはありません。

さて。

今回、一番最初に出来上がったキャラは主人公の小麗なのですが、この世に最強ツンデレというのはすでに素晴らしいキャラ達が数多いるので「よし、小麗は逆に最弱ツンデレを目指そう！」と思い立ち、このような女の子になりました。意地っ張りですぐ怒るけど泣き虫で、自分では何も出来ない甘ったれ……本当にこの子が主人公で話がちゃんと進むのか？　と最初は心配だったのですが、彼女なりに健闘してくれて無事ハッピーエンドが迎えられました。よかった。

一方お相手のジンは、プチ俺様というか、基本素直だけどかなりワガママで子供っぽいという設定だったのですが、書いていくうちに（恐らく彼以上に子供だった小麗のせいだと思うけど）予定よりも随分と懐《ふところ》の深い大人の雰囲気になってしまいました。でもそれが意外にもDUO BRAND《デュオブランド》.様の描いて下さったジンとハマって、より王様らしくいい感じに仕上がったとほくそ笑んでおります。よかった。

あとは、ないすばでぃ美人なのに一途で真面目過ぎる流花《ルーファ》とか、気がつけばおいしいところを持っていってしまうギオルシュ（ちなみに彼のモデルは義経《よしつね》にしてみたのですが、途中で気付かれた読者様はいらっしゃったでしょうか？）など、書きながらどんどん肉付けされていったキャラ達もいて、執筆中はなかなか面白かったです。

今回は別の仕事も同時に抱えていて結構大変な時期だったのですが、なぜかこの作品を書くときだけは何だか癒《い》やされておりました。この楽しさが、ちゃんと読者様まで伝わっていれば良いのですが……どきどき。


最後にお世話になった方々にお礼を。

まずは担当様。相変わらず無理なスケジュールに付き合って下さり感謝です。今回も大変たいへーんお忙しそうでしたが、そんななか適切なご指導を賜ったり温かい励ましを賜ったりと、色々お世話になりました。

それからダイナミックで華やかなイラストを提供して下さったDUO BRAND. 様。この度の紆余曲折《うよきよくせつ》的な出会いに、なんだかとってもご縁を感じてます。特に表紙のジンの眼力にはヤられちまいましたよ……はぁぁぁ絵師さんって本当にすごいんだなぁ。その他にもキャラテフや表紙を頂くたびに、魅力的な仕上がりにキャアキャアはしゃぎまくってました！　本当にありがとう御座いました。

そして、この本を手にして下さったすべての読者様に心から感謝の気持ちを送ります。たくさんある小説の中から、この一冊と出会ってもらってありがとうございます。願わくば、あなたの心に何かを残せていますように。

では、またどこかでお会い出来ることを祈りつつ——。

二〇一〇年　夏

南咲　麒麟

蒼《そう》穹《きゅう》恋《こい》姫《ひめ》

ティアラ文庫をお買いあげいただき、ありがとうございます。
この作品を読んでのご意見・ご感想をお待ちしております。

✦ ファンレターの宛先 ✦

〒102-0072　東京都千代田区飯田橋3-3-1
プランタン出版　ティアラ文庫編集部気付
南咲麒麟先生係／DUO BRAND.先生係

ティアラ文庫WEBサイト
http://www.tiarabunko.jp/

著者――南咲麒麟（なんざき　きりん）
挿絵――DUO BRAND.（デュオ　ブランド）
発行――プランタン出版
発売――フランス書院
〒102-0072　東京都千代田区飯田橋3-3-1
電話（営業）03-5226-5744
（編集）03-5226-5742
印刷――誠宏印刷
製本――若林製本工場

ISBN978-4-8296-6545-9 C0193

蒼月流れて華が散る
絶華の姫
南咲麒麟
Illustration 香坂ゆう
美形男子よりどりみどりの
中華風恋愛活劇!!
伝説の姫とされ、宮廷から追いかけ回される琵遙。
逃避行を共にするのは幼馴染の蒼翼。
そこへ宮廷からきた貴公子、煌科洛があらわれて……。
恋も冒険も盛りだくさんの中華ファンタジー!

Tia6512

♥ 好評発売中! ♥

ティアラ文庫

Tia6531

♥ 好評発売中! ♥

ティアラ文庫

Tia6544

♥ 好評発売中! ♥

原稿大募集

ティアラ文庫では、乙女のためのエンターテイメント小説を募集しております。
優秀な作品は当社より文庫として刊行いたします。
また、将来性のある方には編集者が担当につき、デビューまでご指導します。

募集作品

H描写のある乙女向けのオリジナル小説（二次創作は不可）。
商業誌未発表であれば同人誌・インターネット等で発表済みの作品でも結構です。

応募資格

年齢・性別は問いません。アマチュアの方はもちろん、
他誌掲載経験者やシナリオ経験者などプロも歓迎。
（応募の秘密は厳守いたします）

応募規定

☆枚数は400字詰め原稿用紙換算200枚～400枚
☆タイトル・氏名（ペンネーム）・郵便番号・住所・年齢・職業・電話番号・
　メールアドレスを明記した別紙を添付してください。
　また他の商業メディアで小説・シナリオ等の経験がある方は、
　手がけた作品を明記してください。
☆400～800字程度のあらすじを書いた別紙を添付してください。
☆必ず印刷したものをお送りください。
　CD-Rなどデータのみの投稿はお断りいたします。

注意事項

☆原稿は返却いたしません。あらかじめご了承ください。
☆応募方法は郵送に限ります。
☆採用された方のみ担当者よりご連絡いたします。

原稿送り先

〒102-0072　東京都千代田区飯田橋3-3-1
プランタン出版「ティアラ文庫・作品募集」係

お問い合わせ先

03-5226-5742　　プランタン出版編集部